CW01262245

Fantômette
et la télévision

Georges Chaulet

Fantômette
et la télévision

Illustrations
Patrice Killoffer

HACHETTE
Jeunesse

Françoise
Sérieuse et travailleuse, Françoise est une élève modèle qui se passionne pour les intrigues. Vive, pleine de bon sens et intrépide, n'aurait-elle pas toutes les cualités d'une parfaite justicière ?

Boulotte
Gourmande avant tout, elle se moque pas mal du danger... tant qu'il y a à manger !

Mlle Bigoudi
Si elle apprécie Françoise, l'institutrice s'arrache souvent les cheveux avec Ficelle et lui administre bon nombre de punitions.
Que penserait-elle si elle était au courant des aventures des trois amies !?

Ficelle

Excentrique, Ficelle collectionne toutes sortes de choses bizarres. Malgré ses gaffes et son étourderie légendaire, elle est persuadée qu'elle arrivera un jour à arrêter les méchants et à voler la vedette à Fantômette…

Œil de Lynx

Reporter, il suit de près les méfaits des bandits. Il est le seul à connaître la véritable identité de Fantômette et n'hésite pas, à l'occasion, à lui filer un petit coup de main !

© Hachette Livre, 1967, 1994, 1999, 2007.

Tous droits de traduction, de reproduction
et d'adaptation réservés pour tous pays.

Hachette Livre, 43, quai de Grenelle, 75015 Paris.

chapitre 1

Premiers incidents

Au douzième coup de minuit, le fantôme surgit comme par enchantement.

La vieille marquise de Tours-lès-Plessis pousse un cri d'effroi et tombe évanouie dans son fauteuil. Le colonel Cromagnon tire sur sa moustache en grognant : « Mille pétards ! » Le majordome Baptiste laisse choir sur le parquet ciré le plateau de petits fours qu'il vient d'apporter au salon. Seul, le journaliste Bolduke conserve son sang-froid. Tirant rapidement de sa poche le flacon de cognac qui s'y trouve en permanence, il le projette de toutes ses forces en direction du spectre.

La bouteille se fracasse contre le mur et l'étrange apparition s'évanouit aussi soudainement qu'elle est venue. Une voix crie :

— Coupez ! C'est très bien... Éteignez-moi ces projecteurs. Ça va pour le son ? Parfait ! Cinq minutes de pause pour tout le monde !

Boris Brindisi, le metteur en scène spécialisé dans les feuilletons télévisés, félicite vivement ses acteurs.

— Bravo ! Mes petits, nous avons fait du bon travail aujourd'hui. L'apparition du fantôme est saisissante, n'est-ce pas ?

— Oui, dit la marquise, on dirait un vrai ! Pour un peu, je m'évanouissais réellement !

Le vénérable château de Tours-lès-Plessis est transformé en studio pour le tournage d'un film destiné à plonger les téléspectateurs, tantôt dans l'horreur, tantôt dans le ravissement.

Le grand salon est envahi par un bataillon d'acteurs, d'opérateurs, d'électriciens, de preneurs de son. Les projecteurs s'étagent sur le marbre d'un escalier monumental ; les câbles serpentent sur le tapis chinois ; les caméras voisinent avec les meubles Louis XIII ; dans le vestibule, une armure du XVIe siècle monte la garde devant une batterie de magnétophones.

Jamais sans doute, depuis les temps lointains de sa construction, le château n'a connu un tel mouvement, un tel remue-ménage. Les portraits des nobles ancêtres, accrochés aux boiseries des murs, semblent observer avec stupeur ces intrus vêtus de toile bleue ou de blouses blanches qui vont et viennent, déplacent tables et fauteuils, ouvrent les fenêtres, claquent les portes, transportent des panneaux de contre-plaqué ou des caisses bourrées d'accessoires, s'interpellent, lancent des ordres ou poussent des hurlements quand un maladroit se prend les pieds dans un fil électrique...

Boris Brindisi règne sur cet empire qui sent la colle forte et la peinture fraîche. C'est un petit homme gros, moustachu et remuant.

Tenant d'une main le viseur qui lui permet de vérifier le cadrage des prises de vues, de l'autre il brasse l'air surchauffé par les projecteurs en exposant à qui veut l'entendre ses idées sur la mise en scène. Il lève les bras vers les moulures du plafond et s'écrie :

— Je veux du réalisme, du vrai, du vécu ! Il faut que les téléspectateurs aient la sensation de voir un reportage pris sur le vif. Ah ! si je pouvais engager un fantôme authentique, ce serait parfait !

Mettant en pratique ces principes de réalisme, il a décidé que son film, *Fantômette et le fantôme*, serait tourné non dans des décors mais dans un authentique château, que le rôle de la châtelaine serait tenu par la propriétaire – en l'occurrence la marquise de Tours-lès-Plessis –, que les autres acteurs agiraient dans l'histoire comme ils agissent dans la vie. C'est ainsi que le journaliste Bolduke est réellement un journaliste qui fait un reportage sur le tournage du film, et que le colonel Cromagnon est un véritable militaire à la retraite. Quant au majordome Baptiste, il remplit ses fonctions habituelles. Pour tenir le rôle du fantôme, il a évidemment fallu faire appel à un acteur vivant, Bernard-Bertrand, qui a revêtu l'uniforme habituel des revenants : suaire et chaînes.

Un autre obstacle était apparu. La vedette du film devait être Fantômette, la jeune aventurière qui se consacre à chasser les malfaiteurs. Naturellement, Boris Brindisi a voulu qu'elle joue elle-même son propre rôle. Qui donc mieux qu'elle aurait pu le faire ? Mais où la trouver ? Son nom ne figurait dans aucun annuaire, son adresse était inconnue, de même que son numéro de téléphone. La police ignorait où l'on pouvait la rencontrer.

Brindisi a fait passer dans divers journaux une annonce ainsi rédigée :

GÉNIAL METTEUR EN SCÈNE RECHERCHE FANTÔMETTE POUR LUI OFFRIR PREMIER RÔLE DANS SUPER-PRODUCTION TÉLÉVISÉE. S'ADRESSER À BORIS BRINDISI, STUDIOS TÉLÉ-CLAIR.

La même annonce a été diffusée par la radio et la télévision. Fantômette ne s'est pas manifestée. Alors, Brindisi s'est résigné à engager une jeune actrice, Marjolaine. Revêtue d'un costume de soie jaune, enveloppée d'une cape rouge et noire, le visage masqué, elle combat le revenant qui terrorise les habitants du château.

Pendant la pause, le metteur en scène confère avec Scribouillette (la scripte) et Pommard (l'assistant) pour préparer le tournage du plan suivant. Selon le scénario, Fantômette doit se cacher dans un coffre de chêne sculpté pour guetter le spectre. Boris Brindisi envoie son assistant dans une des chambres, transformée en loge d'artiste, où Marjolaine achève de revêtir son costume de soie. Elle est aidée par une habilleuse. Pommard frappe à la porte, passe sa tête dans l'entrebâillement et crie :

— Fantômette ! C'est à toi !

— On vient ! répond l'habilleuse en ajustant le loup noir sur le visage de la jeune actrice.

Un instant après, Marjolaine fait son entrée dans le salon. Boris Brindisi entreprend aussitôt de lui expliquer ce qu'on attend d'elle.

— Tu entres par cette porte, tu regardes à droite et à gauche pour bien t'assurer que tu es seule. Puis tu t'avances sur la pointe des pieds jusqu'à ce vieux coffre...

— Vieux coffre ! coupe la marquise de Tours-lès-Plessis avec un haut-le-corps, apprenez, monsieur Brindisi, que ce coffre date seulement du XVIIe siècle ! Le qualifier de *vieux* est donc péjoratif et injurieux. Dites plutôt « ce coffre vénérable » ou « ce coffre historique ».

Le metteur en scène réprime un soupir et dit, conciliant :

— Mettons historique, si vous voulez. Donc, Marjolaine s'approche du coffre, soulève le couvercle et se glisse à l'intérieur. Tu as compris, Marjolaine ?

La jeune fille acquiesce. Brindisi claque des mains :

— Parfait ! Tout le monde en place ! Envoyez les lumières !... La caméra ?... Vous y êtes ?... Silence !

C'est alors que les projecteurs s'éteignent avec un claquement, et que le studio se trouve plongé dans le noir.

chapitre 2
Étrange substitution

Il y a quelques minutes d'affolement. La vieille marquise se met à pousser des cris de perroquet pour faire part à tous de son émotion ; les électriciens lancent des jurons qui témoignent de la richesse de leur vocabulaire, et Boris Brindisi hurle dans les ténèbres :

— Quel est l'infâme scélérat qui a coupé le courant ? Je vais l'aplatir comme un bifteck ! Je vais lui faire avaler de la moutarde ! Je vais le déchirer en sept morceaux !... Ouvrez donc une fenêtre, sapristi ! On y voit autant qu'au fond d'un tonneau de goudron !

Il fait jour dehors, mais les prises de vues devant s'effectuer uniquement à la lumière artificielle, on ferme hermétiquement portes et fenêtres.

L'assistant Pommard ouvre les volets et un rayon de soleil pénètre dans le salon. Une vague odeur de caoutchouc brûlé flotte dans l'air. Brindisi examine les projecteurs en grognant :

— Ils ont tous claqué ! Il s'est produit un court-circuit quelque part...

Pommard découvre bientôt l'origine de la panne : deux fils mal isolés se sont touchés. Le metteur en scène a un geste d'agacement.

— Réparez ça rapidement et mettez des ampoules neuves. Allons, dépêchons ! Nous n'avons pas de temps à perdre !

Les électriciens s'affairent. Les fils sont remis en état, emmaillotés de chatterton. Puis on ouvre la caisse qui contient les lampes de rechange. Il y a des exclamations : elles sont toutes brisées. Le metteur en scène fronce les sourcils et demande à son assistant :

— Que s'est-il passé, Pommard ? Pourquoi sont-elles en morceaux ?

— Je ne sais pas. La caisse a dû être cognée quand on l'a sortie de la camionnette.

— Nous n'avons pas d'autres ampoules sous la main ?

— Non. Il faut aller en chercher au studio.

— Allons, bon ! Deux heures pour y aller, deux heures pour en revenir... Cela va faire quatre heures perdues bêtement !

Il peste et tempête en tapant du pied sur le parquet ciré, puis prend une décision :

— Nous ne pouvons pas rester là sans rien faire. Puisqu'il n'y a pas moyen de tourner en intérieur, nous allons faire quelques scènes d'extérieur. Scribouillette !

À l'appel de son surnom, la scripte s'approche. Elle porte des lunettes et un volumineux dossier.

— Scribouillette, que pouvons-nous tourner au-dehors ?

Elle consulte ses feuilles et annonce :

— Le plan 17. Fantômette poursuit le spectre qui s'enfuit à travers le jardin.

— Très bien. Allons-y, sortons le matériel.

Pendant que le personnel entreprend le déménagement, le colonel Cromagnon s'approche du journaliste et grommelle dans sa moustache :

— Ah ! mon cher Bolduke, quelle organisation lamentable ! Vraiment, ce n'est pas dans mon régiment qu'on aurait vu une telle pagaille !

Le journaliste hoche la tête :

— Bah ! mon cher colonel, c'est toujours comme ça, dans le cinéma ! Il est bien rare qu'il ne se produise pas une bonne douzaine d'incidents au cours du tournage. Tenez, je me souviens qu'à Hollywood, l'année dernière...

En attendant que le matériel soit mis en place, Marjolaine demande à Boris Brindisi si elle peut retourner dans sa chambre pour y étudier une leçon de géographie. En effet, sa participation au film ne l'empêche pas de poursuivre son travail d'écolière. Entre deux prises de vues, on la voit se plonger dans ses livres, écrire sur des cahiers ou réciter des poésies à haute voix.

— C'est entendu, dit le metteur en scène. Je te rappellerai dès que nous serons prêts.

Marjolaine sort du salon, traverse un vestibule au dallage de marbre noir et blanc, donne une tape amicale sur le nez pointu de l'armure et monte l'escalier monumental, à balustrade de chêne torsadé, qui mène à l'étage.

Elle longe un couloir de forme assez tortueuse, pousse la porte de sa chambre et entre.

Ce qu'elle voit alors lui arrache un cri de surprise.

Le mobilier de la chambre a été débarrassé

des housses qui le protégeaient de la poussière, et une écritoire antique a été transformée en table de maquillage par l'apport d'un miroir ovale. Sur cette table se trouvent divers petits pots contenant des fards, des tubes de crème, des épingles à cheveux, qui voisinent avec des livres de classe et des cahiers.

Assise devant la glace, occupée à mirer complaisamment son visage masqué, se trouve... Fantômette.

La vraie.

Marjolaine demeure interdite, bouche ouverte et bras figés. La soudaineté de cette apparition la décontenance à un point tel qu'elle esquisse un pas de retraite. Fantômette se lève et dit en souriant :

— Bonjour, Fantômette n° 2. N'aie pas peur, je ne suis pas venue ici pour te manger, ma chère collègue ! Juste une petite visite en passant. J'avais envie de voir à quelle sauce le génial Boris Brindisi accommode mes aventures... Alors, comment va le tournage ?

La jeune actrice se ressaisit. Son premier mouvement de crainte fait place à une curiosité intense. Elle est donc là, cette fameuse aventurière qui pourchasse les bandits ! On peut enfin la voir de près, lui parler, la toucher...

Fantômette demande avec amusement :

— Ai-je donc tellement l'air d'une bête curieuse ? J'ai l'impression que tu me regardes comme si j'étais un Martien... Je suis bien réelle, pourtant !

Marjolaine avance la main, palpe le manteau de Fantômette et pousse un soupir de satisfaction.

— Ah ! c'est bien de la soie. Comme le mien. J'avais peur que la costumière ne m'ait donné un vêtement qui ne soit pas ressemblant. Les couleurs sont les mêmes. Il n'y a que le col qui n'ait pas tout à fait la même forme.

Et Marjolaine a bientôt fait de trouver toute naturelle la présence de Fantômette. Ces demoiselles se mettent à parler chiffons, sujet qui passionne toutes les filles du monde, qu'elles soient aventurières ou non. Elles sont en train de comparer leurs chaussures, lorsque la voix d'un machiniste filtre à travers la porte :

— Ohé ! mademoiselle Marjolaine ! C'est à vous !

La jeune actrice sursaute. Elle a déjà oublié le film.

— On m'appelle ! J'y vais... À tout à l'heure.

Fantômette l'arrête.

— Non. J'y vais, moi. Reste ici, je vais prendre ta place.

Marjolaine tente de protester, mais Fantômette lui saisit la main et dit très vite, à voix basse :

— Tu vas avoir une composition de géographie à la fin de la semaine, n'est-ce pas ?

— Heu... Oui... Mais comment le sais-tu ?

— J'ai regardé tes cahiers. Tu dois travailler. Tu n'as pas de temps à perdre en tournant des films. D'autre part, *il faut* que j'assiste aux prises de vues.

— Pourquoi ?

— Je ne peux pas te le dire pour l'instant. Mais c'est très important. Tu peux me croire. En me permettant d'opérer cette substitution, tu me rends un très grand service. Tu veux bien ?

Fantômette parle sur un ton de conviction profonde. Marjolaine se rend compte qu'il ne s'agit pas d'une simple fantaisie, mais d'une affaire sérieuse. Elle murmure :

— Et qu'es-tu en train de faire ?

— Tu sauras tout plus tard, mais pour l'instant je te demande le silence. Ne sors pas de cette chambre. Si quelqu'un vient, cache-toi derrière cette tenture. Personne ne doit découvrir notre entente.

Derrière la porte, le machiniste s'impatiente.

— Alors, mademoiselle, vous venez ?

Marjolaine crie :

— Voilà ! j'arrive !

Fantômette lui fait un petit signe amical et sort de la chambre. Un instant plus tard, elle apparaît dans le jardin. Boris Brindisi se croise les bras en criant :

— Enfin ! Ce n'est pas trop tôt ! Ah ! ce qu'on peut perdre de temps, dans ce métier ! Allons, pressons-nous un peu !

Il consulte les feuilles que lui tend la scripte et annonce :

— Nous allons tourner le plan 17. Le fantôme du château s'est sauvé dans le jardin où il cherche à se cacher. Mais Fantômette le poursuit. Compris ? Ce n'est pas bien compliqué. Marjolaine, tu vas te mettre ici, à l'angle de la tour... Bien. Avancez cette caméra près du buisson... Poussez un peu ce réflecteur, il m'éblouit... Parfait ! Scribouillette, y a-t-il un texte à dire ?

— Non, c'est une scène muette.

— Tant mieux ! Voilà qui simplifiera les choses. Tout le monde est en place ?

Il s'approche de celle qu'il prend pour Marjolaine et lui explique :

— Le spectre est quelque part dans le jardin. Tu regardes à droite, à gauche, puis tu cours tout au long de cette allée. Vu ?

Fantômette approuve d'un mouvement de tête.

Boris Brindisi hurle « Silence » par habitude, bien que la scène soit muette, puis « Moteur ». L'assistant Pommard présente devant l'objectif la claquette sur laquelle est inscrit à la craie le numéro du plan que l'on va tourner, et Fantômette joue la scène qu'on lui a indiquée.

Boris Brindisi crie « Coupez ! » puis se frotte les mains.

— Bravo ! Ma petite Marjolaine, tu fais chaque jour des progrès. Ce matin, tu avais l'air un peu endormie ; mais maintenant tu joues divinement ! Passons au plan 18.

Le plan 18 est tourné sans anicroche, à la grande satisfaction du metteur en scène. Profitant de sa lancée, il fait travailler ses acteurs jusqu'à ce que le soleil déclinant ne permette plus d'utiliser les caméras. Il libère enfin le personnel en déclarant :

— Allons, malgré cette panne des projecteurs, nous n'aurons pas perdu trop de temps. Demain matin, nous reprendrons les prises de vues en intérieur. Tout le monde sur le plateau à 8 heures !

Le colonel Cromagnon prend à part le journaliste Bolduke pour lui confier :

— Mon cher, j'ai une proposition à vous faire. Puisque le général Brindisi nous donne quartier libre jusqu'à demain matin, je vous déclare la guerre aux échecs ! Vous ripostez ?

— Avec plaisir. Mais avant, allons boire quelque chose. Nous avons eu une journée chargée, et je ne serai pas fâché de me rafraîchir un peu. Je crois que le majordome Baptiste a mis quelques bouteilles au frais...

Tandis que les acteurs se dirigent vers un petit salon transformé en bar, Fantômette remonte à l'étage, frappe à la porte et entre.

— Ça y est ! annonce-t-elle, les prises de vues sont finies pour aujourd'hui. Tu peux sortir de ta cachette et reprendre ta place !

Pas de réponse.

Elle s'avance jusqu'au centre de la chambre, appelle :

— Marjolaine ! C'est moi, Fantômette ! Où es-tu ?

Silence.

Fantômette traverse la pièce, tire le rideau qui cache peut-être la jeune actrice. Mais derrière le rideau, il n'y a rien.

Marjolaine a disparu !

chapitre 3

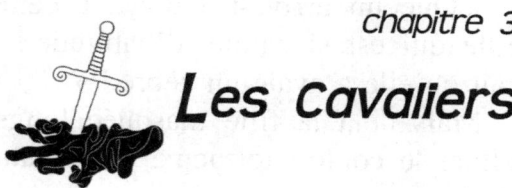

Les Cavaliers

Pendant quelques instants, Fantômette est déroutée. Pourquoi Marjolaine a-t-elle quitté sa chambre, malgré la défense qui lui en a été faite ? Est-elle sortie volontairement ? Se cache-t-elle dans un autre coin du château ?

Fantômette est sur le point de partir à sa recherche, quand la porte est ouverte en coup de vent pour laisser le passage à l'habilleuse qui s'écrie :

— Eh bien, ma petite Marjolaine, tu n'as pas encore enlevé ton costume ? Dépêche-toi, je vais lui donner un coup de fer.

Fantômette hésite une seconde, puis se précipite au-dehors en criant :

— Je reviens tout de suite !

— Mais... mais...

Sidérée, l'habilleuse murmure :

« Que lui arrive-t-il donc, à cette petite ? Elle qui est si calme, d'habitude ! On croirait qu'elle a avalé un zèbre ! »

Mais déjà la fille masquée longe à toute allure le couloir tortueux, entre dans la cage de l'escalier et monte les marches conduisant vers les étages supérieurs. Son instinct lui dit que si Marjolaine ne se trouve point dans le bas du château, c'est parce qu'elle a dû se cacher dans un coin du grenier ou des combles.

En effet, lorsqu'elle parvient au second étage, elle se trouve nez à nez avec son double qui s'apprête à descendre. Elle demande :

— Que fais-tu ici ? Je t'avais dit de ne pas sortir de ta chambre. Maintenant, l'habilleuse te cherche.

Marjolaine fournit aussitôt une explication :

— Oui, je voulais rester dans ma chambre pour réviser ma compo, mais je n'ai pas pu.

— Pourquoi ?

— J'avais trop envie de voir comment tu allais jouer ta scène !

— Ah ! je comprends... Alors ?

— Alors, comme ma chambre n'a pas de fenêtre donnant sur le jardin, je suis montée jusqu'à l'étage du haut. Tiens, viens voir. Il y a un vasistas.

Fantômette suit la jeune comédienne dans une sorte de mansarde encombrée d'objets inutiles et regarde au travers d'une fenêtre oblique d'où l'on domine le jardin. De ce poste d'observation, Marjolaine a suivi discrètement le jeu de Fantômette. Elle ajoute, avec sincérité :

— Tu sais, j'ai trouvé que tu étais une bonne actrice. J'ai remarqué que Brindisi avait l'air très content !

— Tant mieux. Je suis heureuse que tu n'éprouves pas de jalousie. Une autre que toi aurait pu me dire des méchancetés...

— Oh non ! Moi, je trouve ça plutôt rigolo ! Tout le monde croit que tu es moi... Enfin, je veux dire que l'on croit que moi je suis toi... heu... je m'embrouille.

— Bon, j'ai compris. En attendant, je te conseille de retourner au plus vite dans ta chambre, sinon l'habilleuse va s'affoler.

— J'y vais ! Mais toi, que vas-tu faire maintenant ?

— Je vais tâcher de trouver un petit coin tranquille pour passer la nuit.

— Si tu allais dans le salon rose ?

— Le salon rose ?

— Oui. Juste à côté de ma chambre, il y a un salon où personne ne va. Les meubles sont recouverts de housses. Tu trouveras un canapé où tu pourrais dormir.

— Très bien, c'est tout ce qu'il me faut.

— Mais tu n'as pas dîné ? Je t'apporterai quelque chose tout à l'heure.

Avant de sortir de la mansarde, Fantômette y jette un coup d'œil circulaire, par curiosité. Un des murs est occupé par des livres poussiéreux. Le mur lui faisant face s'orne de diverses peintures représentant des paysages principalement formés d'arbres, de rivières et de prairies. Une commode supporte le buste sculpté d'un ancêtre à perruque. Dans un angle, de vieux fusils de chasse tiennent compagnie à des balais chauves.

Après cette rapide inspection, Fantômette et son amie reviennent à l'étage inférieur. La première se dissimule dans le salon rose ; la seconde est sermonnée par l'habilleuse qui la menace du doigt en disant :

— Ma petite, tu ne dois pas porter ce costume en dehors du tournage ! Sinon, il risque de se froisser ou de recevoir des taches. Et que dirait M. Brindisi si tu devais terminer le film en loques ? Il entrerait dans une colère épouvantable !

Marjolaine se garde bien de contredire l'habilleuse qui fait son métier avec beaucoup de sérieux et de compétence. Elle se contente de baisser la tête comme une écolière à qui l'on reproche d'avoir fait des taches d'encre sur son cahier.

Quand vient le soir, les artistes se réunissent dans la salle à manger du château pour y dîner. Boris Brindisi indique le plan de travail de la journée suivante ; le colonel Cromagnon conte quelques anecdotes de sa vie militaire et le journaliste Bolduke révèle comment il a sauté en parachute sur les sommets de l'Himalaya, pour y chercher les traces de l'Abominable Homme des Neiges.

La marquise préside au repas, avec un sourire qui traduit son contentement de voir quelque animation dans son vieux château. Depuis bien des années en effet, l'antique demeure n'abrite plus grand monde. À part la châtelaine, il n'y a là que le majordome, une cuisinière et un jardinier. Et aussi quelques souris dans les caves et un certain nombre d'araignées dans le grenier.

L'arrivée des cinéastes a bouleversé cette existence tranquille. Les portes, les fenêtres longtemps condamnées se sont ouvertes pour laisser passer un air printanier qui a chassé les tristes odeurs de moisissure. La lumière est apparue dans des salles vouées à une nuit permanente, et les éclats de voix des visiteurs intempestifs ont terrorisé Polisson, un paisible chat qui a dû se réfugier au fond du jardin, sous un banc de pierre, et refuse d'en sortir malgré les appels de la cuisinière qui agite un morceau de mou.

La marquise de Tours-lès-Plessis est donc plongée dans le ravissement. Profitant de la présence exceptionnelle d'un auditoire qui l'écoute avec une attention polie, elle trace les grandes lignes de l'histoire de son château.

Il a été bâti au XIIe siècle par le sire de Plessis, partiellement démoli au cours d'une guerre, puis reconstruit par Arnaud de Plessis, petit-fils du précédent, fondateur de l'ordre des Cavaliers.

Ces Cavaliers avaient pour emblème une tête de cheval que l'on peut encore voir, sculptée au fronton de pierre qui domine l'entrée principale. Ils avaient reçu du roi Philippe le privilège de battre monnaie. Mais comme ils avaient pris la fâcheuse habitude de mêler un peu trop de plomb à l'or de leurs pièces, le roi abolit l'ordre et fit couper le cou des Cavaliers. Après quoi, il tenta de faire main basse sur l'or. Malgré d'actives recherches au cours desquelles le château fut saccagé une fois de plus, il ne put rien retrouver du précieux métal. Alors, il eut recours au plus simple des moyens pour boucler le budget du royaume : il augmenta les impôts.

L'acteur Bernard-Bertrand, qui joue le rôle du fantôme, demande à la marquise :

— Pourquoi le roi Philippe n'a-t-il pas pu retrouver l'or ?

— Parce qu'Arnaud se doutait qu'on allait l'arrêter. Mais il a pris ses précautions et a dissimulé cet or, qui se présenterait sous forme de poudre. Le roi était tellement pressé de s'emparer des richesses de l'ordre, qu'il fit exécuter le chef en premier. Il s'en est bien repenti par la suite !

— De sorte que l'on n'a aucune idée de l'endroit où est caché le trésor ?

La marquise fait une pause, comme pour donner plus de valeur aux paroles qu'elle va prononcer. Les convives penchent la tête vers elle et s'arrêtent de manger. La vieille dame reprend :

— Une idée bien vague, oui. À l'instant où les sbires vinrent l'arrêter, Arnaud de Plessis prononça une phrase assez étrange en s'adressant à sa servante, une certaine Josépha. Il dit : « L'or est derrière le mort. » On suppose qu'il voulait ainsi transmettre le secret de la cachette.

— Mais de quel mort s'agirait-il ? demande Brindisi.

— Là, mon cher monsieur, le mystère est complet. On a longtemps cherché l'explication, mais sans succès. Tous les dix ou vingt ans, des historiens, des archéologues visitent le château, grattent la terre du jardin ou frappent les murailles en affirmant : « Le trésor est ici ! Au pied de cet arbre... Ou là, au fond de ce puits... ou dans le cimetière communal. » Tenez, l'année dernière encore, un érudit qui s'intéressait à l'histoire des Cavaliers est venu fourrer son nez dans tous les recoins. Il a déniché je ne sais où un livre dans lequel il était question de poudre d'or. Il a recopié quelques passages et les a publiés dans un journal, *Paris-France,* je crois...

— Vous l'avez, ce livre ?

— Je pense qu'il doit être quelque part au grenier. À moins que ce ne soit dans une des caves. Peut-être dans un débarras où le défunt marquis, mon époux, entassait des vieux fusils de chasse.

— Des fusils ! coupe le colonel Cromagnon en sursautant, voilà qui est diablement intéressant ! Je suis moi-même un grand amateur d'armes. Marquise, il faudra que je voie ces fusils-là !

— Je vous montrerai ce débarras demain matin.

— J'y compte bien, marquise, j'y compte bien !

En voyant cet enthousiasme, le journaliste Bolduke ne peut s'empêcher de sourire. Il dit à la marquise :

— Notre colonel s'intéresse plus à la poudre de chasse qu'à la poudre d'or. Pourtant, il serait intéressant de retrouver ce trésor. Vous pourriez remettre le château en état. La nuit dernière, il pleuvait. Et comme le plafond est quelque peu fissuré, je suis resté assis sur mon lit en tenant un parapluie au-dessus de ma tête.

— Vous m'en voyez désolée, mon cher

monsieur. Je n'ignore pas que le château a grand besoin de réparations. Mais d'autre part, si l'on découvrait l'or, il n'y aurait plus de mystère et ce serait dommage... N'est-il pas plus poétique de penser qu'il est là, quelque part, à portée de la main peut-être, mais caché comme un lièvre dans son gîte ?

— À propos de lièvre, chère marquise, s'écrie le colonel, n'y a-t-il pas du gibier dans les bois voisins ? Je brûlerais bien quelques cartouches...

— Si, répond la marquise, il y a du gibier en abondance. Mais les bois des alentours appartiennent à la commune, et la chasse n'y est pas permise à cette époque de l'année.

— Dommage, mille pétards ! Dommage...

Le repas s'achève. Marjolaine quitte discrètement la table et se glisse dans la cuisine pour demander du pain sous prétexte de le donner aux poules, ainsi qu'une demi-bouteille de lait pour le chat. Elle prend quelques fruits à l'office et porte le tout à Fantômette qui attend dans le salon rose.

Allongée sur un tapis des Gobelins, elle lit *Béatrice à l'abordage.*

— Je t'apporte un petit souper, dit Marjolaine.

Fantômette se relève en s'exclamant :

— Merci ! Ça, c'est une bonne idée. Je commence à avoir l'estomac affreusement aplati. Tu m'apportes aussi des nouvelles ?

— Oh ! il n'y a rien de nouveau depuis tout à l'heure. On a simplement bavardé. Il a été question du trésor des Cavaliers... Tu te rends compte ! Un trésor caché ici, quelque part dans le château ou le jardin.

— Tiens, tiens... Intéressant, ça ! Et puis ?

— C'est tout. M. Brindisi nous a indiqué le plan de travail pour demain. Nous allons reprendre le tournage en intérieur, maintenant que les lampes ont été remplacées.

— Pourquoi ? Elles ne marchaient pas ?

— Tu ne sais pas ? Elles ont toutes claqué ! Et quand on a voulu mettre les neuves, on les a trouvées en mille morceaux. Ah ! M. Brindisi n'était pas content ! C'est pour cela que nous avons tourné en extérieur... Demain, tu veux encore jouer à ma place ?

— Non, c'est inutile. Maintenant j'ai vu tout le monde.

— Alors, tu vas repartir ?

Fantômette vide la bouteille de lait, la repose délicatement sur un guéridon Empire et dit avec un sourire amusé :

— Surtout pas ! Je me trouve très bien ici et j'ai l'intention d'y rester encore un certain temps. J'ai toujours rêvé de vivre dans un vieux château. Pour une fois que j'ai l'occasion de réaliser ce rêve, je veux en profiter. Et celui-ci me plaît beaucoup. Il a son trésor, son fantôme, son histoire, sa galerie de nobles ancêtres, sa vieille horloge à balancier... Il est parfait ! On devrait le faire figurer dans les guides touristiques.

À cet instant s'élève la voix de l'habilleuse.

— Marjolaine ! Où es-tu ? Il est temps d'aller au lit ! Demain, on se lève de bonne heure !

Marjolaine se dirige vers la porte :

— Je te quitte. Il faut que j'aille au lit tout de suite, sinon la Bibi va se fâcher.

— La Bibi ? C'est comme ça que vous appelez l'habilleuse ?

— Oui, mais elle ne le sait pas. Bonne nuit, Fantômette !

— Bonne nuit, Marjolaine !

Elles se couchent, chacune de son côté, et s'endorment. L'horloge du vestibule sonne douze fois.

Alors, quelque part dans l'obscurité du château, la porte d'une chambre s'ouvre doucement. Une ombre se glisse dehors et se met à longer les couloirs déserts, en marchant sans troubler le silence de la nuit...

chapitre 4
L'esprit de l'escalier

Le salon rose est bordé par un couloir qui s'achève sur un palier, d'où part un escalier menant aux combles. Les marches sont recouvertes d'un linoléum maintenu en place par des bordures de laiton.

C'est le léger choc d'un pied heurtant une de ces bordures qui réveille Fantômette. Elle ne dort jamais que d'une oreille.

Elle se redresse à demi, retient sa respiration, écoute. Oui, c'est bien le son étouffé d'un pas montant l'escalier. Le pas de quelqu'un qui se meut discrètement.

Elle se lève, traverse le salon en se guidant sur un rayon de lune qui filtre à travers les volets. Elle ouvre lentement la porte, passe la tête pour observer le palier. Là, aucune lumière ne pénètre. Le promeneur nocturne se déplace dans une obscurité complète. Fantômette fait de même. Tâtonnant le mur, elle s'approche de l'escalier et s'arrête quand la pointe de son pied touche la première contremarche. Elle pose la main sur la rampe. Une légère vibration se fait sentir...

Avec une souplesse féline, elle gravit quelques marches, s'immobilise, écoute, puis reprend son ascension. Parvenue au second étage, elle stoppe de nouveau, touche la rampe.

« Ah ! il paraît que nous poursuivons l'ascension. Bon, poursuivons... »

Maintenant qu'il s'est éloigné des chambres où dorment les hôtes du château, l'inconnu semble prendre moins de précautions. L'apparition soudaine d'un faisceau blanc indique qu'il vient d'allumer une lampe de poche. Il s'arrête sur le palier, hésite, balaie les murs, les portes. Trois mètres plus bas, Fantômette retient son souffle. Elle voit l'ombre pénétrer dans une pièce. La lumière s'affaiblit, mais sans disparaître complètement, sans doute parce que la porte n'est pas tout à fait repoussée.

La jeune détective finit de grimper l'escalier et s'approche du battant qui, en effet, est entrebâillé. Il ne lui reste plus qu'un pas à faire pour pouvoir observer l'étrange fantôme.

Ce pas, elle le fait. Son pied se pose sur une lame de parquet mal jointe. Il y a un craquement. L'instant suivant, le battant est brusquement repoussé et Fantômette reçoit en plein visage le faisceau éblouissant de la lampe. Elle n'a pas le temps de faire demi-tour. Un poing invisible lui frappe la tempe gauche en la projetant sur le sol...

Elle reste un long moment étourdie, les yeux papillotant devant un panorama d'étincelles rouges. Elle entend, à travers une atmosphère de coton, les pas précipités de son adversaire qui fuit.

Lentement, en s'accrochant à la balustrade, elle se relève. Il lui faut respirer profondément pour retrouver sa lucidité.

« Un joli crochet du droit ! Et encore, la bordure de mon bonnet a amorti le choc !... Mon bonhomme a dû pratiquer la boxe. »

Fantômette allume une toute petite lampe – à peine plus grosse qu'un morceau de sucre –, et inspecte le palier.

« Aucune trace du boxeur... Bien, on te

retrouvera ! En attendant, voyons ce qu'il est venu chercher dans ce débarras. »

Elle entre dans la pièce mansardée où Marjolaine s'était postée pour assister au tournage. Les vieux fusils sont toujours dans leur coin. La commode supporte toujours le buste de l'ancêtre à perruque, et les tableaux n'ont pas bougé de leurs murs. En revanche, il y a un changement dans une des rangées de livres. Une place vide indique qu'un volume est parti. Fantômette touche du doigt l'étagère à cet emplacement : il ne s'y trouve pas de poussière.

« C'est bien ça. Mon esprit frappeur vient à l'instant même de prendre un bouquin. Bon, j'en sais assez. Retournons nous coucher. »

Elle sort du débarras, descend l'escalier, se retrouve au premier étage, dans le couloir qui mène au salon rose. C'est alors qu'elle aperçoit, tout au fond de ce couloir, une tache jaune et tremblante qui s'approche, en même temps que se découpe sur le mur une ombre noire. Fantômette sent ses poings se crisper. Elle grommelle :

« Cette fois-ci, je ne vais pas te manquer, mon petit ami ! C'est moi qui vais taper la première ! »

L'ombre fait place à une silhouette blanche. Une longue chemise de nuit au bas de laquelle on aperçoit une paire de pieds nus, et dont le haut s'orne d'une tête ronde.

C'est Boris Brindisi.

Il tient dans la main droite une bougie allumée et dans la gauche une bouteille d'eau minérale qu'il vient sans doute d'aller chercher à la cuisine. Apercevant la jeune fille, il hoche la tête en fronçant les sourcils :

— Eh bien ! Marjolaine, que fais-tu ici à cette heure ? Ce n'est pas le moment de se promener dans les couloirs ! Allons, retourne vite au lit ! Et ne garde pas ce costume ! L'habilleuse a dû te dire de l'enlever quand le tournage est terminé !

Fantômette se garde bien de répliquer. En dissimulant la forte envie de rire que lui cause l'aspect comique du metteur en scène, elle regagne sa chambre. Un regard sur un miroir la rassure au sujet du coup qu'elle a reçu. Une petite bosse, annonciatrice d'un bleu qu'il lui sera facile de dissimuler sous ses cheveux.

« Mais il ne perd rien pour attendre, mon boxeur ! Quand je le tiendrai, je l'aplatirai jusqu'à ce qu'il ait l'air d'une galette bretonne ! »

Sur ces perspectives de vengeance, elle se tourne du côté droit (opposé à la bosse) et s'endort pour de bon.

chapitre 5

Un coup de bâton

Un coq chante pour annoncer la venue de l'aube. Un autre coq fait de même pour confirmer cette bonne nouvelle. Puis des oiseaux lancent leurs piaillements, battent des ailes et s'envolent à la recherche des insectes qui constituent leur repas quotidien.

Bientôt s'élève dans le château un parfum de café au lait, accompagné par les cris, les exclamations et les glapissements de Boris Brindisi qui réveillent son monde.

Techniciens et artistes se trouvent réunis pour le petit déjeuner. Une fois de plus, le génial metteur en scène expose le programme de la journée. Agitant dans l'espace un croissant doré, il déclare :

— Aujourd'hui, nous allons mettre en boîte les plans que nous n'avons pas pu tourner hier, faute de lampes. Je vous rappelle le scénario. Fantômette-Marjolaine va se cacher à l'intérieur d'un coffre en chêne. Elle soulèvera à demi le couvercle pour observer l'apparition du revenant. Ensuite, elle sortira, se jettera sur lui et l'assommera d'un coup de bâton.

L'acteur Bernard-Bertrand, qui joue le rôle du fantôme, demande avec une inquiétude simulée :

— Elle va utiliser un vrai bâton ?

— Non, répond Brindisi, simplement un bâton léger en carton. Rassure-toi, tu ne sentiras rien.

— Bon ! J'aime mieux ça !

Dès que le petit déjeuner a été expédié, chacun se met au travail. Le chef opérateur dirige l'objectif de sa caméra vers le coffre, les électriciens règlent les éclairages et les preneurs de son enclenchent leurs magnétophones. Boris Brindisi donne le signal du départ à Marjolaine qui vient de revêtir son déguisement de soie jaune, rouge et noire. Bernard-Bertrand a lui aussi pris l'aspect exigé par son rôle. Il s'est drapé dans un suaire retenu à la taille par une chaîne. Sur les indications du metteur en scène, il se place au premier étage, prêt à descendre l'escalier en faisant tinter les maillons sur les marches.

Marjolaine soulève le couvercle du coffre, passe une jambe à l'intérieur. Brindisi l'interrompt :

— Et le bâton ? Tu l'oublies !

— Ah ! c'est vrai ! Où est-il ?

On cherche le bâton, qui ne se trouve ni dans le salon, ni dans le vestibule, ni dans aucune des caisses à accessoires. On fouille dans la camionnette qui sert à transporter le matériel, dans les voitures. On regarde sous les sièges, derrière les meubles. Soudain, le journaliste Bolduke se frappe le front en s'écriant :

— Attendez ! Je crois l'avoir aperçu tout à l'heure... sur la petite table du jardin.

— Je cours le chercher ! dit Marjolaine.

Boris Brindisi se met à grogner :

— Que de temps perdu pour des bricoles ! Ah ! c'est bien la dernière fois que je tourne un film pour la télévision ! Je sens que je vais abandonner le métier pour me faire dompteur de cacahuètes ou marchand de puces !

Marjolaine revient avec le bâton, qu'elle semble manier difficilement. Elle soupire :

— Ce qu'il est lourd ! Je peux à peine le remuer...

La bonne humeur de Brindisi est déjà revenue. Il plaisante :

— Oui, il est en carton creux et il pèse au moins cent kilos. Allez, ma petite, en place ! Et surtout, tape bien fort sur la tête du fantôme. Il faut que les spectateurs aient l'impression que ce n'est pas du chiqué. Tout le monde en place ! Silence !

Les projecteurs éclairent à pleins feux ; la caméra est mise en route. Le fantôme commence à descendre lentement l'escalier. Marjolaine s'est cachée à l'intérieur du coffre en ne refermant pas complètement le couvercle, ce qui lui permet d'observer l'inquiétante apparition. Après avoir descendu l'escalier, le spectre lui tourne le dos pour ouvrir une porte menant au sous-sol. Marjolaine repousse brusquement le couvercle, saute hors du coffre, se précipite en levant très haut le bâton qu'elle assène sur la tête du fantôme.

Celui-ci pousse un gémissement et s'effondre

dans un cliquetis de chaînes. Boris Brindisi s'écrie :

— Coupez ! C'est très bien !... Ah ! voilà une scène merveilleuse !... Un réalisme parfait !... Acteur, actrice, je suis content de vous !

Il se frotte les mains, donne une petite tape sur l'épaule de Marjolaine en la félicitant. Puis il se tourne vers le fantôme qui gît toujours, les bras en croix, allongé sur le dallage du vestibule.

— Eh bien, mon cher Bernard-Bertrand, nous avons terminé. Vous pouvez vous relever.

L'acteur ne bouge pas.

— Alors, qu'attendez-vous ? Finie, la séance... Mais... Que fait-il ? Il ne remue plus !

Soudainement inquiet, Boris Brindisi s'approche de l'acteur, soulève le drap qui lui couvre la tête. Bernard-Bertrand a les yeux fermés.

— Oh ! Il a été assommé pour de bon ! Vite, que l'on aille chercher un docteur !

Affolée par les conséquences imprévues de son acte, Marjolaine se met à pleurer. Boris Brindisi essaie de la rassurer.

— Allons, ce n'est pas ta faute...

— J'ai tapé trop fort...

— Mais non, mais non... Ce n'est qu'un petit accident... Attends, fais voir le bâton.

Marjolaine tend l'objet à Brindisi qui le prend, le soupèse et pousse une exclamation de surprise. Il tire de sa poche un canif, déchiquette le carton et rugit :

— Regardez ! Regardez ça !... *On l'a truqué !*

Le cylindre de carton contient, dans l'extrémité qui a frappé l'acteur, un tronçon métallique scié dans une barre de fer. Un bloc pesant qui a transformé l'inoffensif bâton de théâtre en dangereuse matraque !

Pendant quelques minutes, la plus grande confusion règne dans le vestibule. L'habilleuse tapote les joues de Marjolaine qui pleure toujours ; le reporter Bolduke hurle dans le téléphone pour appeler un médecin ; la marquise, effondrée dans un fauteuil, gémit : « C'est épouvantable ! On a assassiné notre fantôme ! » ; le colonel tente de faire boire du cognac à Bernard-Bertrand en grognant : « Bah ! à la guerre vous en auriez vu bien d'autres ! Tenez, moi, je me rappelle qu'à la bataille de Framboisy... »

Quant à Boris Brindisi, il s'arrache le peu de cheveux qui lui restent en répétant :
— Mais pourquoi a-t-on fait ça ? Pourquoi, et *qui* ?

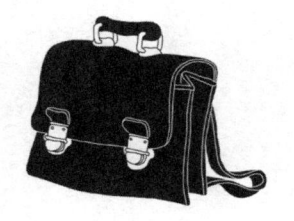

chapitre 6
Nouveaux incidents

Fantômette est toujours cachée dans le salon rose, où elle a passé une nuit fort tranquille. L'apparition du jour la fait sauter de son divan. Elle regarde dans un miroir l'aspect et le volume de sa bosse. Il n'y a plus de bosse, chose rassurante. En revanche, un bleu de belles dimensions s'étale sur la tempe. Elle renouvelle intérieurement son serment de faire passer un mauvais quart d'heure à celui qui est la cause de cette décoration indésirable.

Elle ouvre une fenêtre qui donne sur un coin du jardin et se trouve nez à nez avec une branche de cerisier qui lui fournit un petit déjeuner à base de cerises fraîches et vitaminées.

Peu après, Marjolaine se glisse dans le salon pour lui dire bonjour. Elle trouve Fantômette perchée sur une chaise, en train d'ausculter les murs de la pièce. Intriguée, elle interroge :

— Que fais-tu là ? Tu regardes si les tapisseries sont bien accrochées ? Ou tu comptes les toiles d'araignée ?

Fantômette sourit.

— Ni l'un, ni l'autre. J'étudie la structure de ce château. Certaines parties sont plus récentes que d'autres...

— Oui. La marquise a dit qu'il a été plusieurs fois démoli et reconstruit.

— C'est bien ce qu'il me semblait.

À cet instant, on entend la voix de Boris Brindisi qui crie afin de rassembler son monde. Marjolaine quitte son amie pour revêtir son déguisement et commencer le tournage. Quelques minutes après, Fantômette la voit sortir en courant dans le jardin : elle va chercher le bâton.

Puis il y a des cris, des hurlements. Fantômette se risque hors du salon rose. Elle longe le couloir, s'arrête sur le palier du premier étage. Des voix discordantes lui parviennent :

— On a tué notre fantôme ! On l'a assommé ! c'est affreux ! Vite, un docteur !

Elle risque un coup d'œil entre les barreaux de la balustrade qui entoure le palier. On s'empresse auprès de Bernard-Bertrand qui se frotte la nuque avec une grimace de douleur, pendant que Boris Brindisi lance mille malédictions à l'adresse du plafond. Il profère :

— Le bâton a été saboté ! C'est scandaleux ! Je vais porter plainte contre tout le monde !

Un instant après, l'habilleuse entraîne Marjolaine en direction de l'escalier pour la ramener dans sa chambre. Fantômette recule, revient dans le salon rose et attend. La Bibi fait boire un grand verre de lait à Marjolaine, puis lui dit de ne plus s'inquiéter pour le coup qu'elle a donné au fantôme. Quand elle s'est retirée, Fantômette sort du salon rose et rejoint la jeune actrice. Celle-ci veut expliquer la situation.

— Inutile, dit Fantômette, je suis au courant. Le bâton a été lesté au moyen d'un cylindre de fer.

— Ah ! tu sais ?

— Oui. Je viens d'apercevoir Brindisi qui criait au sabotage.

— Qu'est-ce que ça veut dire, sabotage ?

— C'est un mot qui désigne une action malfaisante, une tentative de destruction. Quelqu'un cherche à empêcher le tournage du film. On a provoqué un court-circuit pour griller les lampes des projecteurs, on a brisé les ampoules de rechange... Maintenant, on cherche à mettre les acteurs hors d'état de faire leur travail. Ces incidents ne sont pas dus au hasard. Il y a derrière tout cela une volonté bien déterminée. Une personne qui agit systématiquement pour atteindre un but que j'ignore encore, mais que je finirai par découvrir.

Accoudée à la fenêtre, Fantômette laisse errer son regard sur le jardin. Une voiture noire s'arrête devant la grille. Un homme sort du véhicule, porteur d'une petite sacoche de cuir noir.

« Voici le docteur. Il va sans doute passer de la pommade sur la bosse de Bernard-Bertrand. »

Elle caresse de l'index sa tempe qui est encore douloureuse en murmurant :

« Si j'osais, j'irais lui demander de m'en mettre un peu... »

Elle se tourne vers Marjolaine et dit :

— Tu vas entrer dans le salon rose et y rester un moment. Moi, je vais descendre dans le vestibule. Je veux voir ce qui s'y passe. Surveiller les gens qui s'y trouvent. Cela me permettra peut-être de faire avancer ma petite enquête.
— Parce que tu fais une enquête ?
— Oui.
— Je croyais que tu étais en vacances !
— Je ne suis jamais en vacances.

Fantômette sort de la chambre, descend l'escalier et fait son apparition dans le vestibule où l'agitation s'est peu à peu calmée. Le docteur se prépare à partir, en assurant Bernard-Bertrand que le coup qu'il a reçu n'aurait pas de conséquences graves. La marquise a retrouvé ses esprits. Bien qu'elle paraisse encore inquiète, elle est intérieurement ravie de tous ces incidents qui apportent du sel à une existence habituellement monotone et ennuyeuse. Boris Brindisi confère avec Scribouillette pour voir s'il serait possible de tourner quelques-uns des plans où la présence de Bernard-Bertrand ne serait pas nécessaire. La réapparition de Fantômette le comble d'aise. Il s'écrie :

— Ah ! te revoilà, ma petite Marjolaine !
Tu vois, notre ami Bernard-Bertrand se porte
déjà mieux. Tu n'as donc plus à t'inquiéter
pour ce coup de bâton. Ça va ? Tu es de nouveau en bonne forme ? Parfait ! Rattrapons le
temps perdu. Nous allons tourner le plan 24.
Tu dois escalader la tour au moyen d'une
échelle de corde. Tu sauras, j'espère ?

Fantômette fait un signe affirmatif.

— Très bien. Tout le monde dans le jardin ! Allons, dépêchons-nous !

Une fois de plus, on déménage le matériel.
Les électriciens déroulent leurs fils en piéti-
nant les pelouses, et les opérateurs plantent
leurs caméras au milieu des massifs de fleurs
qui doivent supporter ce traitement avec rési-
gnation.

Pendant que cette préparation s'accomplit,
le colonel prend à part la marquise et lui
confie :

— Marquise, j'ai fort envie de voir ces
armes de chasse dont vous avez parlé hier
soir. Vous avez promis de me les montrer.

— C'est vrai. Vous voulez les voir maintenant ?

— Si vous y consentez...

— Soit ! Allons-y. Au moins, ne verrai-je

pas l'affreux spectacle de ces gens qui saccagent mes pétunias ! Venez, cher colonel, suivez-moi !

La châtelaine conduit son hôte dans la petite mansarde que nous connaissons déjà. Le colonel se précipite vers les fusils, les carabines à deux coups et les canardières à canon démesurément long.

— Ah ! quelles pièces admirables ! Regardez, marquise, regardez ce fusil ! Une merveille !... Mais un peu poussiéreux.

— Ils sont là depuis des années. Personne n'y touche jamais.

— Je regrette bien que la chasse ne soit pas ouverte. J'ai aperçu tout à l'heure un faisan qui se promenait entre les arbres.

À cet instant, quelqu'un se trouvant dans le jardin appelle la marquise.

— Colonel, on a besoin de moi en bas. Je vous laisse contempler toute cette artillerie.

Elle descend au jardin, où elle trouve Boris Brindisi plongé dans l'embarras.

— Madame la marquise, nous avons un problème à résoudre. Voyez-vous ce pommier ?

— C'est un prunier.

— Ah bon ! Ce prunier gêne les prises de

vues. Il masque le champ de la caméra. Pourrions-nous couper cette branche ?

— Oh ! cette branche est magnifique. Elle va donner des fruits...

— Bah ! Cela ne vous fera que quelques pommes en moins.

— Des prunes, voulez-vous dire ? Si vraiment vous jugez que c'est indispensable...

— Absolument ! Sinon, il ne sera pas possible de filmer. Mais de toute façon, nous recollerons la branche quand nous aurons fini, et vous aurez vos pommes au complet.

On va pour se mettre en quête d'une échelle double, quand Fantômette lève la main.

— Inutile ! Je vais grimper à l'arbre. Ce sera plus vite fait.

Un bond, un rétablissement, et elle se trouve assise à califourchon sur la branche. Boris Brindisi ouvre la bouche avec étonnement :

— Eh bien, je ne te savais pas aussi agile ! Ma petite Marjolaine, on croirait que tu as avalé un chimpanzé !

En attendant qu'on lui fasse passer une scie, Fantômette regarde autour d'elle. En arrière et sur les côtés s'étend le jardin. En avant, la masse grise du château. À gauche s'élève la tour qu'il lui faudra escalader, grâce à une échelle de corde que l'assistant Pommard lance par une fenêtre, à trente pieds du sol.

La position élevée qu'occupe Fantômette lui permet de découvrir un détail invisible depuis le bas. À côté de la fenêtre, une niche est creusée dans la tour. À l'intérieur, une statuette – peut-être celle d'un saint – se cache à demi dans l'ombre.

Elle n'a pas le loisir d'examiner plus longuement la statue. Boris Brindisi se dresse sur la pointe des pieds pour lui tendre une scie. Elle se met au travail, sous l'œil amusé des machinistes peu habitués à voir une actrice faire du bricolage. En quelques instants, la branche est sciée. Elle craque, tombe sur le sol. Fantômette descend en souplesse et demande :

— Alors, elle est prête, cette échelle de corde ? Puisque j'ai commencé à faire de l'escalade, je vais continuer.

La silhouette de l'assistant Pommard s'inscrit dans la fenêtre. Il annonce :

— J'ai fixé l'échelle. Tu peux y aller, Marjolaine !

Boris Brindisi lance les commandements habituels : « Silence ! Moteur ! Action ! » et Fantômette empoigne l'échelle en pensant :

« Moi qui avais promis à Marjolaine de ne pas tourner ! Elle va me prendre pour une menteuse... »

Elle pose le pied sur le premier barreau, en éprouve la solidité, puis très vite se lance sur les suivants avec une souplesse rapide. L'échelle se balance un peu, frôlant le lierre qui s'accroche aux vieilles pierres de la tour.

Parvenue à sept ou huit mètres de hauteur, elle s'arrête une seconde pour souffler, jette un coup d'œil vers le bas. D'un geste, Brindisi lui fait signe que tout va bien. Elle reprend son ascension vers la petite fenêtre dont elle n'est plus séparée maintenant que par trois ou quatre barreaux.

C'est alors que se produit le drame. Un événement soudain, inattendu, qui arrache un cri d'effroi aux spectateurs. L'échelle se détache et tombe, entraînant Fantômette dans le vide !

chapitre 7

Les révélations d'Alficobras Zanier

Fantômette lâche l'échelle et lance les mains en avant. Elle agrippe une touffe de lierre qui arrête un instant la chute, puis cède. Elle se raccroche de nouveau, griffe la muraille, se retient à une pierre qui dépasse, lâche prise une fois de plus et finalement atterrit assez rudement sur le gravier qui parsème le sol au pied de la tour.

Les cinéastes se précipitent pour l'aider à se relever, tandis que la marquise gémit :

— C'est affreux ! C'est épouvantable !

Fantômette s'assure que les dommages se limitent à quelques égratignures. Elle grogne :

— Monsieur Brindisi, votre matériel n'a pas l'air en très bon état...

65

— Je n'y comprends rien ! s'écrie le metteur en scène avec désespoir. Voyons, Pommard, tu avais bien attaché l'échelle ?

L'assistant hoche vigoureusement la tête :

— J'en suis absolument sûr !

— Allons voir.

Ils s'élancent dans le château, grimpent l'escalier, s'engouffrent dans la chambre où s'ouvre la fenêtre. Pommard désigne une lourde table de chêne massif.

— J'avais attaché le bout des cordes à ce pied de table, puis j'avais tiré de toutes mes forces. Je suis sûr que ça ne pouvait pas lâcher !

Bras croisés et front plissé, Boris Brindisi réfléchit. Il gronde :

— C'est encore du sabotage ! On veut m'empêcher de tourner ce film ! C'est clair, c'est évident ! Mais je ne me laisserai pas faire ! J'irai jusqu'au bout, même s'il me faut un siècle entier pour le tourner !

Bolduke déclare :

— Je vais téléphoner à mon journal pour lui annoncer tout cela. Mais au fait... on pourrait peut-être prévenir la police ?

Boris Brindisi se récrie :

— La police ? Pour qu'elle fourre son nez

partout ? Pour qu'elle nous interroge un par un pendant des heures ! Non, merci ! Nous n'avons pas de temps à perdre ! Faisons notre police nous-mêmes. Avec un peu de flair, nous finirons bien par mettre la main sur le coupable !

Il ponctue ces fortes paroles d'un grand coup de poing sur la table, et donne le signal de la descente. Fantômette est restée dans le jardin ; elle examine l'échelle de corde.

— Vous avez trouvé quelque chose ? demande-t-elle.

— Oui, dit Brindisi. Nous avons constaté qu'il s'agit d'un nouveau sabotage. Les cordes ont été dénouées. Mais qui a fait cela ? Ce ne peut être aucun d'entre nous, puisque tout le monde était ici, dans le jardin !

Fantômette murmure :

— Oui, personne ne peut être coupable, apparemment... Pourtant, cette échelle ne s'est pas détachée toute seule. Il y aurait bien une explication, mais...

— Une explication ? Dis-la vite, Marjolaine !

— Si vous le permettez, je préfère attendre un peu. Avant, j'ai diverses vérifications à faire.

67

— Et tu sais qui est le coupable ?

— Je ne peux rien vous dire pour l'instant. Mystère et boule de gomme ! Pour avoir la solution, adressez-vous au fantôme !

Sur ces paroles fantaisistes, la jeune fille masquée fait une pirouette et disparaît dans le château en fredonnant une valse viennoise. Boris Brindisi caresse son menton en disant :

— Curieuse, cette petite Marjolaine... J'ai l'impression que depuis un ou deux jours elle est bien changée. Je la trouvais calme, timide... Maintenant, elle a un aplomb extraordinaire !

Il reste quelques minutes avant le déjeuner, que les cinéastes mettent à profit pour examiner soigneusement tout leur matériel. On vérifie qu'aucun autre sabotage n'a été commis, que rien n'est défectueux. Puis on passe à table.

Marjolaine réapparaît, sans son déguisement. Elle vient d'être informée par Fantômette de l'accident dû à la chute de la corde. Aussi n'est-elle pas surprise lorsque Brindisi lui demande comment elle se sent :

— Ça va ? Tu n'as mal nulle part ? Si tu ressens le moindre malaise, il faut le dire et nous appellerons le médecin.

— Non, monsieur, je me porte très bien. Aussi bien que si je n'étais jamais tombée.

— Tant mieux ! Heureusement que tu as pu te raccrocher au lierre ! Sinon tu risquais de te casser deux ou trois jambes !

Comment le metteur en scène aurait-il pu se douter que celle à qui il s'adresse est tout simplement restée dans sa chambre ?

Pendant le déjeuner, Fantômette ne sort pas du salon rose ; elle reprend la lecture des aventures de Béatrice. Une demi-heure plus tard, Marjolaine lui apporte une aile de poulet, un petit pâté en croûte et des fruits. Elle lui confie :

— Personne ne s'est encore aperçu de rien. Tout le monde croit que c'est moi qui suis montée à l'échelle.

— Parfait ! dit Fantômette en mordant à belles dents dans le poulet. De cette manière, j'ai le champ libre. Voici ce que nous allons faire. Cet après-midi, tu vas poursuivre le tournage. Et pendant ce temps, je continuerai mon enquête.

— On ne risque pas de découvrir que nous sommes deux ?

— Bah ! L'important est que l'on ne nous voie jamais ensemble. Sois tranquille, tout ira bien. Dis-moi maintenant ce que Boris Brindisi a prévu. Quel est le programme ?

— Je dois capturer le fantôme et l'enfermer dans le coffre où j'étais cachée hier.

— Bien.

Fantômette s'accorde un instant de réflexion. Elle considère la pomme qu'elle est en train de grignoter, fait la moue et murmure :

— Je veux être richement récompensée si je devine ce qu'*il* a l'intention de faire...

— Qui ?

— Notre ennemi, le saboteur. Il va nous obliger à nous tenir sur nos gardes. Nous devrons nous méfier, parer les coups. J'ai l'impression qu'il ne recule devant rien.

— Qui est-ce ? Un des cinéastes ? Quelqu'un du château ?

— Aucune idée. Ou plutôt, si. J'ai toutes sortes d'idées, mais je ne sais pas encore laquelle est la bonne.

— Et tu crois qu'il va encore nous causer des ennuis ?

— C'est possible. Mais ne t'inquiète pas, je veille.

On entend alors la voix de l'habilleuse qui appelle Marjolaine. Celle-ci quitte le salon rose, entre dans sa chambre pour revêtir son costume, puis descend au jardin. Boris Brindisi lui annonce :

— Ma petite, je viens de modifier le scénario. J'ai soudainement été pris d'une inspiration géniale. Nous n'allons pas tourner de nouveau la séquence au cours de laquelle tu escalades l'échelle. La chute a été très spectaculaire, et nous allons la conserver. On va supposer que c'est le fantôme qui t'a fait tomber. Tu comprends ? Bon. Donc, tu vas te relever en te frottant les reins, comme si tu t'étais fait mal. À cet instant, le fantôme sortira du château. Il se précipitera vers toi en brandissant un grand couteau. Tu te sauveras dans le jardin. Vu ?

Marjolaine fait un signe de tête pour approuver. Puis chacun prend la place qui lui est assignée, et le tournage recommence.

Pendant ce temps, Fantômette se glisse dans le couloir et monte l'escalier menant à la mansarde. Elle veut observer les prises de vues depuis ce poste élevé, comme son amie l'a fait la veille.

Elle entre dans la pièce, la parcourt du regard. Aussitôt, un détail attire son attention.

Tous les rayons de la bibliothèque sont complets : *le volume manquant a regagné sa place.*

Elle s'approche, examine rapidement le dessus des livres. L'un d'eux est exempt de poussière. Elle le prend, regarde les lettres d'or gravées sur le cuir noir de la reliure : *Histoire des Cavaliers.*

Un frisson de joie la parcourt.

« Je m'en doutais ! Le promeneur nocturne s'intéresse aux Cavaliers, donc au trésor... Voyons un peu ce que contient ce vénérable bouquin. »

Elle ouvre le volume. Le frontispice représente le sire de Plessis partant pour la croisade sur son cheval blanc. Sur la page opposée, le sous-titre mentionne : *Ouvrage écrit par Alficobras Zanier, docteur ès lettres, en vente chez la veuve Poincelet, à l'enseigne de la Jolie Presse, rue de Buci.*

Le livre commence par ces mots :

Le sire Bertrand de Plessis naît à Tours en l'an de grâce 1127. On lui enseigne le latin et la science des armes. Lorsqu'il atteint l'âge de vingt ans, il est devenu un cavalier accompli. En ce temps-là, saint Bernard prêche la seconde croisade. Assoiffé de gloire et d'aventures, Bertrand s'embarque pour la Terre sainte...

Les pages suivantes relatent les exploits de Bertrand, puis ceux de son fils Romuald. On en vient ensuite à la biographie d'Arnaud, fondateur de l'ordre.

Au bout d'une demi-heure, Fantômette a la tête remplie de coups d'épée, de chevauchées et de combats contre les Infidèles, que l'on appelait aussi Mores ou Mahométans. Elle abandonne un instant son livre pour jeter un coup d'œil par la fenêtre. Bien qu'il y ait du soleil, les projecteurs sont allumés, et leurs faisceaux se trouvent renforcés par des panneaux réflecteurs argentés. Boris Brindisi gesticule en hurlant des ordres. Bernard-Bertrand, revêtu de son drap de lit, se précipite sur Marjolaine qui s'échappe vers les ombrages du jardin.

« Bon, tout marche parfaitement. J'ai la nette impression que notre bonhomme ne fera rien cet après-midi. Il n'a pas encore eu le temps de mettre sur pied un nouveau sabotage. »

Elle reprend sa lecture.

Arnaud se distingue, par sa bravoure, au siège de Saint-Jean-d'Acre en 1191. Il en rapporte, à titre de souvenir, une statue représentant un More debout, brandissant cette sorte de sabre recourbé que l'on nomme cimeterre. Dès son retour au château de Tours-lès-Plessis, il fonde l'ordre des Cavaliers qu'il finance grâce aux immenses richesses pillées en Orient. C'est une partie de cette fortune, sous forme de poudre d'or, qui est dissimulée dans une cachette inconnue, quelque part dans le château ou dans ses environs.

Le livre explique ensuite de quelle manière l'ordre est organisé, quelle est sa règle et quelle vie mènent les Cavaliers. Une vie paisible, bien différente de celle qu'ils ont connue lors des croisades. Ils vivent au château dans une sorte de retraite, partageant leur temps entre les travaux de copie sur parchemins et la frappe de la monnaie.

Fantômette saute quelques pages, en vient au récit de l'exécution d'Arnaud, décapité sur ordre du roi. Elle lit la phrase énigmatique prononcée au cours de la veille qui précéda le jour tragique : « *L'or est derrière le mort.* » Selon Alficobras Zanier, de nombreuses recherches ont été menées dans le cimetière de Tours-lès-Plessis. En parlant du mort, Arnaud aurait désigné son père Romuald. La tombe fut ouverte, mais on n'y trouva pas la moindre poussière d'or.

L'historien poursuivait :

Le mystère reste complet pendant des siècles, jusqu'à ce que moi, Alficobras Zanier, je m'en occupe. Et grâce à ma science, mon esprit et mes facultés divinatoires, j'ai pu percer le mur d'ombre qui me séparait du fabuleux trésor. Je ne l'ai pas encore découvert, certes, mais je sais où il se trouve.

J'ai d'abord réfléchi sur la cause des échecs successifs que rencontrent tous les chercheurs. L'erreur provient de l'interprétation qu'ils donnent à la phrase prononcée par Arnaud. Pour ma part, j'en ai percé le sens exact. Contrairement à ce que l'on a cru jusqu'à présent, il n'a jamais voulu parler d'un mort, d'un défunt. La phrase doit être comprise de la manière suivante : « Le trésor est derrière le... »

Fantômette pousse un cri.

La phrase est interrompue au bas de la page 20, et la page suivante porte le numéro 23. La feuille 21-22, celle qui indique probablement l'emplacement du trésor, a été arrachée !

chapitre 8
Le fantôme

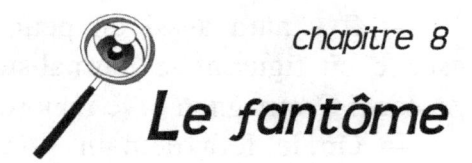

— Coupez !

Boris Brindisi se frotte les mains.

— C'est parfait ! Cette poursuite à travers le jardin sera d'un réalisme saisissant. Les téléspectateurs s'accrocheront à leur fauteuil !... Cinq minutes de pause pour tout le monde.

On éteint les projecteurs, on allume des cigarettes. La marquise fait servir des rafraîchissements par Baptiste. Le metteur en scène confère avec la scripte.

— Alors, Scribouillette, où en sommes-nous ?

— Il ne reste plus grand-chose à tourner, monsieur Brindisi. Deux ou trois plans, pas plus. La capture du revenant par Fantômette, et l'arrivée du commissaire de police.

— Bien. La capture, nous allons la faire maintenant. Le reste sera pour demain.

— Il y aura aussi un petit raccord. Une scène où figurent le journaliste Bolduke, le colonel Cromagnon et le majordome Baptiste.

— On le fera demain soir. C'est tout ? Bien.

Le journaliste s'approche. Il demande :

— Monsieur Brindisi, puisqu'on n'a plus besoin de moi ce soir, puis-je faire un saut jusqu'à Paris ? Je voudrais passer à mon journal...

— Soit ! Mais, mon cher Bolduke, il faut que vous soyez là demain. Il y aura encore un plan à tourner.

— Entendu !

Le journaliste s'éclipse et Boris Brindisi donne l'ordre de reprendre le tournage.

— Allons, pressons ! Il me semble que le temps se couvre. Profitons de la lumière !

Marjolaine fait basculer Bernard-Bertrand dans le coffre, rabat et verrouille le couvercle. Cette capture met un point final aux exploits maléfiques du revenant. Scribouillette s'aperçoit alors, en consultant ses feuilles, qu'on a oublié de tourner le plan 52, au cours duquel

Fantômette rampe sous une haie. Brindisi tape du pied :

— Ah ! ça va nous retarder ! Nous avons déjà perdu assez de temps avec tous ces incidents !... Enfin, allons-y ! Mais je voudrais bien tout terminer demain soir. Après, nous pourrons partir.

— Tant mieux ! murmure le majordome, ce ne sera pas trop tôt !

— Vous dites, Baptiste ?

— Je dis que vous pourrez prendre du repos.

— Ah ! vous avez raison. Faire un film, c'est plutôt fatigant !

Quoique le majordome ait fait sa réflexion à mi-voix, Marjolaine l'a entendu. Elle se promet d'en parler à Fantômette, pour les besoins de son enquête. Après tout, ce pourrait être Baptiste qui a saboté le matériel. La présence des cinéastes paraît le gêner.

L'attitude du colonel Cromagnon semble également bizarre. À tout instant, il lève le nez vers les branches des arbres, comme s'il s'attendait à voir fondre sur lui quelque ennemi tombé du ciel. Un ciel d'ailleurs menaçant, chargé de nuages noirs. L'atmosphère se fait lourde ; l'air pénible à respirer laisse présager un orage prochain. L'énervement gagne les cinéastes qui pestent contre les câbles dans lesquels ils se prennent les pieds, contre le chariot de la caméra qui s'est coincé ou le micro qui lance des sifflements imprévus.

L'exaspération s'empare du metteur en scène, lorsque Pommard vient lui annoncer qu'un mauvais réglage de la caméra vient de compromettre la dernière prise de vues. Le film va être sous-exposé, c'est-à-dire à moitié noir. Boris Brindisi s'emporte :

— Ah ! il y a des jours où tout va de travers ! Qui a fait le réglage de cette caméra ?

— Heu... c'est moi, dit l'assistant.

— C'est toi, Pommard ? Eh bien, je te félicite ! N'est-ce pas toi aussi qui as saboté les projecteurs, le bâton et l'échelle ?

Aussi énervé que Brindisi, l'assistant se fâche :

— C'est ça ! dites tout de suite que je suis un criminel ! C'est peut-être ma faute si ce film n'en finit pas ? Vous, on vous paie à la journée, et vous avez intérêt à faire traîner les choses !

— Comment ? Tu oses me dire ça ? Je vais t'aplatir comme une crêpe !

— J'aime mieux m'en aller plutôt que de voir ça !

L'assistant tourne le dos et rentre dans le château. Brindisi tempête, s'arrache les cheveux et pousse des clameurs qui épouvantent le chat et les oiseaux. Puis il ordonne de rentrer le matériel et décrète que le tournage sera interrompu jusqu'au lendemain matin. Acteurs et techniciens se dispersent sous un ciel où commence à gronder l'orage.

Marjolaine retourne dans sa chambre, puis se glisse dans le salon rose. Fantômette est assise devant une feuille de papier remplie de gribouillages. Elle relève la tête et demande :

— Alors, notre génial metteur en scène a fini son petit numéro ?

— Tu l'as entendu ? Il était furieux !

Fantômette sourit :

— Bah ! d'après ce que disent les hebdomadaires de cinéma, c'est une petite manie qu'il a.

— Oui, mais cette fois-ci, c'est grave ! Il a accusé son assistant d'avoir démoli le matériel et détaché l'échelle de corde.

— Pommard ? Allons donc ! Il ne ferait pas de mal à une fourmi.

— Tout de même, c'est lui qui l'a attachée, cette échelle. Suppose qu'il ait fait exprès de mal la nouer ?

— Non, je persiste à croire qu'il n'est pour rien dans cet incident.

Marjolaine fait un grand geste dramatique :

— Alors, le saboteur, c'est Boris Brindisi lui-même !

— Hein ? Pourquoi ?

— Parce qu'il est payé à la journée. Plus ça traîne, plus il gagne !

— Il saboterait son propre film ? C'est impensable !

— Alors, c'est le colonel ! Il regarde tout le temps en l'air ! Je trouve ça louche...

Fantômette se met à rire :

— On n'a plus le droit de regarder en l'air, maintenant ?

— Tu sais, je soupçonne tout le monde. Tiens, le majordome... Je l'ai entendu dire à voix basse qu'il était bien content de voir tout le monde s'en aller demain.

— Évidemment. Cela lui fera du travail en moins.

— Et toi, tu as trouvé quelque chose ? Ces dessins ?

— Rien, des gribouillages. J'ai passé

l'après-midi à essayer de tracer les plans du château. Je cherche dans quel endroit on a pu dissimuler le trésor.

— Tu as trouvé ?

— J'ai trouvé... divers endroits possibles. Ce château est grand. Il y a de nombreuses salles, des escaliers, des recoins. Il faudrait tout démolir pour découvrir l'emplacement à coup sûr.

— Alors ?

— Je réfléchis, je fais bouillir mon cerveau.

Fantômette désigne l'*Histoire des Cavaliers.*

— Je viens de potasser ce livre. L'auteur affirme qu'il a trouvé la cachette.

— Alors, ce n'est plus la peine de chercher ! S'il connaît la cachette, il a pu prendre le trésor !

— Non. Il prétend avoir deviné l'emplacement, mais les circonstances l'ont empêché de vérifier cette hypothèse. Il est allé en Poméranie et n'en est jamais revenu. De sorte que l'or est toujours au même endroit.

Marjolaine bat des mains.

— Eh bien, où est-il ? Vite ! Allons le chercher !

Fantômette se lève, se dirige vers la fenêtre et observe le jardin qui commence à recevoir de grosses gouttes de pluie. Elle soupire :

— La feuille indiquant l'emplacement a disparu. Regarde, il manque les pages 21 et 22.

— Oh ! Qui a fait cela ?

— Qui ? L'auteur des sabotages, parbleu ! Tu ne saisis pas le rapport qu'il y a entre le trésor et les incidents qui ralentissent le tournage du film ?

— Heu... non, pas très bien.

— Je vais t'expliquer.

Fantômette quitte la fenêtre, s'assoit dans un fauteuil et entame une petite conférence.

— Voici ce qui se passe. Un inconnu, que nous appellerons X, a appris qu'un trésor se trouve dans ce château. Bon. Cet X participe au tournage d'un film qui a lieu précisément dans ce même château. Il commence les recherches. Il fait... ce que j'ai fait moi-même cet après-midi. Il fouine dans tous les coins, il met son nez un peu partout en flairant comme un chien de chasse. Mais ces recherches sont longues et le film est sur le point de s'achever. Or, dès que le tournage sera fini, il faudra quitter les lieux. Donc, plus moyen de poursuivre les investigations.

— Alors ?

— Alors, il trouve une solution : retarder le film. Faire traîner les choses, ce qui lui laissera peut-être le temps de trouver le trésor. Il emmêle les câbles des projecteurs pour les mettre en court-circuit, brise les ampoules de rechange, truque le bâton de carton, desserre les nœuds de l'échelle de corde de manière qu'elle tombe quand on s'y suspendra. Mais cette tactique, dangereuse pour les cinéastes, devient soudainement inutile. La marquise a parlé d'un livre qui contient certaines révélations au sujet de la cachette. Notre X profite de la nuit pour s'emparer de l'*Histoire des Cavaliers.* Il enlève la page indiquant le lieu où doit se trouver la poudre d'or ; et le voilà maître du secret. Il n'a plus à faire de recherches, donc il arrête les sabotages. Le film va se terminer normalement. Voilà le point où nous en sommes.

Marjolaine a écouté attentivement les paroles de Fantômette. Elle laisse percer son inquiétude :

— Alors, puisque le fameux X connaît la cachette, il va prendre l'or et se sauver !

85

— Il va du moins essayer.

— Nous devons l'en empêcher ! Surveiller le château, appeler les gendarmes ! Mettre des sentinelles partout !

Fantômette sourit :

— Allons, un peu de calme ! Pourquoi crois-tu que je sois ici ? Je me charge de cette affaire et je n'aurai besoin de gendarmes qu'au dernier moment, quand le bonhomme sera démasqué !

— Ah ? Parce que c'est un homme ?

Fantômette enroule distraitement une de ses boucles noires sur son index et prononce à mi-voix :

— Tu crois que ce pourrait être une femme ? Il n'y a ici que la marquise, la Bibi et Scribouillette...

Marjolaine réfléchit à son tour, en se grattant le bout du nez pour mieux faire venir les idées.

— La marquise ? Si elle voulait mettre la main sur le trésor, elle aurait pu le faire depuis longtemps...

— Exact, dit Fantômette.

— La Bibi, Scribouillette... Je ne sais pas.

Fantômette caresse le bleu qui marque sa tempe en pensant :

« Le coup de poing que j'ai reçu n'avait rien de féminin. Il n'y a qu'un homme pour pouvoir cogner aussi fort ! »

chapitre 9

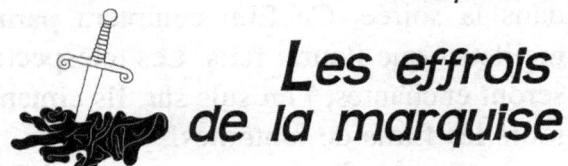

Les effrois de la marquise

— À table ! Le dîner est servi !

C'est la voix de l'habilleuse. Marjolaine quitte Fantômette en promettant de revenir pour lui apporter quelques bribes du repas ; elle descend dans la salle à manger. L'éclatement de l'orage, en rafraîchissant l'air, vient de provoquer une détente bienfaisante. Les convives bavardent avec animation. Boris Brindisi et Pommard se sont serré la main en exprimant des regrets pour leurs paroles un peu vives. Même le majordome, habituellement renfrogné, semble d'excellente humeur. Peut-être la perspective du proche départ des cinéastes y est-elle pour quelque chose...

Le metteur en scène, animé par le vin de Bordeaux, se frotte les mains en déclarant :

89

— Mes chers amis, malgré les quelques petits incidents qui ont perturbé le travail, j'espère bien que nous en aurons fini demain dans la soirée. Ce film comptera parmi les meilleurs que j'aurai faits. Les téléspectateurs seront enchantés, j'en suis sûr. Ils aiment toujours les films de fantômes...

— C'est vrai, approuve le colonel Cromagnon, j'ai remarqué que nombre de gens s'intéressent aux spectres et aux revenants qui cependant n'existent pas !

La marquise sursaute en s'écriant :

— Je vous demande bien pardon, colonel ! Mais je crains que vous ne soyez dans l'erreur !

— Comment, chère marquise, vous croyez aux fantômes ?

— Pas du tout ! Mais je sais qu'ils existent.

Une telle affirmation demande à être justifiée. L'auditoire est soudainement devenu attentif. Les fourchettes restent suspendues, les yeux se tournent vers la marquise qui explique :

— J'y crois, tout simplement parce qu'il y en a un dans ce château.

Il y a un « Oh ! » collectif de surprise. Brindisi s'exclame :

— Ici même ? Comment, marquise ! Nous sommes dans un château hanté et vous ne me l'avez pas dit ? Vous m'avez laissé engager Bernard-Bertrand qui est peut-être un bon acteur, je l'admets, mais ne saurait se comparer à un fantôme véritable. Vous savez, marquise, que je veux du réalisme dans mes films, du vrai, du naturel.

— Dites plutôt du surnaturel ! s'esclaffe Pommard.

La marquise hoche la tête :

— Attendez, cher monsieur Brindisi. Si je ne vous ai pas dit qu'un fantôme hantait ces lieux, c'est pour la bonne raison qu'il ne se manifeste qu'une ou deux fois par siècle. Il n'est pas disponible en permanence, comprenez-vous ?

— Ah ? Alors, on doit avoir du mal à le rencontrer.

— Évidemment. Il n'apparaît que pour annoncer un grand événement, parfois heureux, mais le plus souvent maléfique. Il se montra dans la salle où nous sommes en ce moment, la veille du jour où mon ancêtre

Gontrand de Plessis fut nommé connétable de France.

— C'était un événement heureux...

— Oui. Mais il apparut aussi la veille du jour où Gontrand fit une chute de cheval qui entraîna sa mort. Ce fantôme se manifesta également pendant la nuit de la Saint-Jean en 1823. À l'aube, le château brûla.

Le colonel Cromagnon hausse les épaules :

— Bah ! racontars, fariboles... On entend des bruits, on voit des formes bizarres, on croit avoir affaire à un revenant ; quand on met le nez dessus, on s'aperçoit qu'il s'agit tout bonnement d'un rat, d'une chouette ou d'un volet mal fermé.

— Comment pouvez-vous dire cela ! Notre fantôme est parfaitement authentique. Il n'est rien de moins que le fondateur de l'ordre des Cavaliers !

— Arnaud de Plessis ?

— Lui-même. Depuis qu'il fut exécuté, son âme en peine erre entre ces murs... Et il pousse des gémissements... Tenez, comme en ce moment...

On entend des bruits lugubres, en effet. Les rafales de vent mêlées au crépitement de la pluie, des souffles sifflant sur les ardoises disjointes, le raclement d'une branche d'arbre contre un mur, le glouglou de l'eau coulant dans les gouttières...

Un long moment passe, pendant lequel personne ne dit mot. Chacun médite sur les étranges révélations que vient de faire la marquise. Le colonel tortille sa moustache ; Bernard-Bertrand tourne une cuiller dans une tasse de café que le majordome vient d'apporter ; Scribouillette regarde autour d'elle, en roulant des yeux inquiets derrière ses lunettes. Marjolaine n'est pas non plus très rassurée. Boris Brindisi rompt le silence :

— Madame la marquise, n'avez-vous pas été surprise de nous voir tourner une histoire de revenant précisément dans un château hanté ?

— Mon cher monsieur, j'ai vu tant de choses dans ma longue existence, que rien ne saurait plus m'étonner.

— Même pas la vue de ce fameux fantôme ? dit le colonel ironiquement.

— Surtout pas ! D'ailleurs je l'ai vu, ce fantôme.

— Comment ? Vous l'avez vu ?

— Parfaitement. C'était pendant la dernière guerre. Le marquis et moi-même nous étions absentés pendant trois jours. Nous étions logés chez un ami, le baron de Rideau-l'Azay. Or, une nuit j'eus la vision très nette d'un spectre vêtu d'un suaire blanc qui marchait sur le toit du château. C'était Arnaud de Plessis.

— Comment pouviez-vous connaître son nom ?

— C'est simple ; il a tourné son visage vers moi et s'est écrié : « Je suis Arnaud de Plessis, fondateur de l'ordre des Cavaliers. »

— Alors ?

— Alors, je me suis réveillée en poussant un cri.

Le colonel sourit :

— Ce n'était qu'un rêve !

— Peut-être. Il n'empêche que le lendemain, une bombe d'avion est tombée sur le château et a démoli la moitié de la façade nord. Vous voyez que l'apparition du fantôme a bien été l'annonce d'un événement grave...

À cet instant, comme pour illustrer d'une façon dramatique les paroles de la marquise, un éclair illumine le jardin inondé de pluie, et le fracas d'un terrible coup de tonnerre ébranle les murs de la salle. Marjolaine court se blottir entre les bras de Scribouillette, et le colonel grogne :

— Allons, marquise, vous allez finir par nous faire peur, avec vos histoires de revenant. Moi, je vais me coucher. Bonsoir !

Il se lève, fait trois pas dans la salle.

Alors, on entend une sorte de tintement. Un cliquetis métallique, léger. Puis des craquements, des bruits de pas. Cela semble provenir d'en haut, d'un point situé quelque part dans les combles ou sur les toits. Tout le monde lève les yeux, comme pour interroger le plafond. La marquise murmure :

— J'ai l'impression que quelqu'un marche sur la toiture...

— Cela me paraît peu probable, dit Boris Brindisi en hochant la tête. Qui voulez-vous qui se promène là-haut en pleine nuit, par un temps pareil ? Ce doit être le vent qui a fait tomber une ardoise.

Cette explication se trouve aussitôt démentie par une nouvelle succession de coups sourds, de grattements, de grincements. Le colonel s'écrie :

— Cette fois-ci, aucun doute ! Il se passe *quelque chose* sur le toit ! Allons voir !

Cette attitude énergique décide l'assistance

qui suit le colonel hors de la salle. On sort dans le jardin, sous un déluge de pluie, et on lève le nez vers le ciel noir. Pommard gémit :

— Je ne vois rien et je suis en train de prendre une douche ! Vous croyez que...

Un nouvel éclair zigzague dans l'espace, illuminant pendant une seconde les arbres du jardin, la masse noire du château, la haute silhouette de la tour... C'est à cet instant que tous peuvent voir, dressée sur le faîte du toit, près de la statue, une forme blanche, hallucinante, un être dont le visage disparaît sous l'ombre d'un capuchon.

La marquise pointe son index vers l'apparition, gémit :

— Le fantôme ! Le fantôme d'Arnaud de Plessis !

Puis elle s'évanouit.

chapitre 10
Sur la toiture

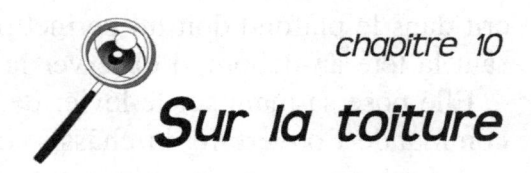

Fantômette a entendu les cliquetis, les frottements. Elle interrompt sa lecture de l'*Histoire des Cavaliers,* lève les yeux comme l'ont fait les convives dans la salle à manger.

« Tiens ! Un chat est en train d'explorer les gouttières... »

Immobile, elle écoute. Le bruit recommence, puis s'interrompt et est suivi d'une série de coups.

« Un chat qui manque de discrétion ! Il sort ses griffes. Il ne fait pas patte de velours. Allons le voir d'un peu plus près. Je voudrais bien savoir quel air il a ! »

Elle quitte rapidement le salon rose, monte

d'une traite l'escalier qui mène aux combles, entre dans le débarras. Le vasistas qui s'inscrit dans le plafond doit lui permettre, en passant la tête au-dehors, d'observer la toiture.

Elle pose sa main sur le levier de métal qui commande l'ouverture du châssis. Il résiste.

« Zut ! ce vieux machin est rouillé. Personne n'a l'occasion d'ouvrir le vasistas, évidemment. Ah ! ces vieilles demeures sont bien mal entretenues... »

La jeune aventurière tire de toutes ses forces sur le levier, mais ne peut en venir à bout. Pendant ce temps, les étranges bruits continuent de se produire du côté de la tour. Fantômette s'énerve, donne un coup de poing sur l'objet rétif, puis trouve soudain une solution. Elle se précipite vers les vieux fusils de chasse qui s'entassent dans un coin, en prend un et se sert de la crosse pour frapper contre le levier. Il consent à bouger. Elle peut alors le tirer complètement. Elle entrouvre le châssis, glisse son regard au-dehors. C'est à cet instant que se produit l'éclair et qu'elle peut voir la forme blanche près de la tour.

« Tonnerre ! Voilà donc celui qui s'amuse à faire du tapage nocturne ! Allons bavarder avec lui... »

Elle s'escrime contre le châssis qui refuse de s'ouvrir complètement, a encore recours au fusil pour faire levier. Elle perd du temps, manque de se pincer les doigts. Quand elle réussit à sortir de la mansarde, c'est pour constater que le fantôme a disparu. En marchant en équilibre sur le faîte du toit, comme une funambule, elle parvient jusqu'à la tour. Une longue échelle se trouve appuyée contre la muraille, du côté opposé au jardin. Elle a permis à l'inconnu de se livrer à son étrange escalade, puis de s'enfuir dans le noir de la nuit.

En contrebas, des exclamations ont jailli à l'instant où l'éclair a découvert le spectre. Fantômette reconnaît la voix de la marquise criant : « Le fantôme d'Arnaud de Plessis ! » puis les spectateurs effrayés se sont bousculés pour retourner dans l'intérieur du château. Demeure seul le courageux colonel Cromagnon qui tend le poing en lançant injures et défis.

Fantômette ne peut réprimer un sourire.

« On croirait entendre Don Quichotte, quand il menaçait les moulins à vent qu'il prenait pour des géants ! Si le brave colonel attend que son fantôme revienne, il a le temps de fondre sous la pluie ! Moi, je vais me mettre au lit... »

Elle revient dans la mansarde, s'ébroue comme un chien sortant de l'eau. Elle s'assure ensuite que les couloirs et les escaliers sont libres, regagne le salon rose et s'allonge sur un canapé.

Une seconde après, de petits coups précipités sont frappés à la porte. C'est Marjolaine. Avec des mots confus, elle veut expliquer ce qu'elle vient de voir, mais Fantômette l'interrompt.

— Ne t'énerve pas ! Je sais de quoi il s'agit. Tu viens de voir le spectre d'Arnaud de Plessis.

— Oh ! Comment le sais-tu ?

— Je sais toujours tout. Et rassure-toi, ce n'est pas un vrai fantôme. En admettant qu'il en existe de vrais.

— Tu es sûre ? La marquise dit que c'est celui qu'elle a déjà vu en rêve... et que demain il va se produire une catastrophe épouvantable !

Fantômette hausse les épaules :

— Mais non, il ne se produira rien. Ce sont des contes de grands-mères ! Et je t'assure que...

Elle s'interrompt. Un pas lourd martèle le couloir qui longe la pièce. Le pas de quelqu'un qui vient. Marjolaine frissonne et se rapproche de son amie en balbutiant :

— J'ai peur... C'est le fantôme qui vient !

Les pas s'éloignent, font résonner le petit escalier qui mène aux combles. Fantômette murmure :

— Tiens ! Il va dans la mansarde. Qui est-ce ?

Après quelques instants, le même pas se fait entendre. L'inconnu redescend les marches. Il passe de nouveau le long du couloir.

— J'y vais ! dit Fantômette en quittant le salon.

— Oh ! ne me laisse pas toute seule ! gémit Marjolaine.

— Je reviens tout de suite. Juste le temps de voir qui c'est.

La jeune aventurière sort et revient quelques instants plus tard. Elle sourit.

— Rassure-toi, ce n'était que le colonel Cromagnon. Il vient d'aller chercher un fusil dans la mansarde.

— Ah ! Pourquoi ?

— Il va sans doute monter la garde jusqu'à l'aube, pour le cas où le fantôme reviendrait. Je viens de l'entendre annoncer : « Ce damné cambrioleur va avoir affaire à moi ! Je vais le transformer en passoire, mille bombardes ! »

— C'est un cambrioleur, alors ?

— Qui sait ? Peut-être... Maintenant, dormons. Le colonel veillera sur notre sommeil.

Mais Fantômette met longtemps à s'endormir. Son esprit est occupé par un nouveau problème : *Pourquoi le spectre s'intéresse-t-il à la statue du saint ?*

chapitre 11

L'ennemi se montre

Un coup de feu réveille Fantômette.

Elle ouvre les yeux. La lumière du grand jour filtre entre les volets. Elle se lève, ouvre à demi la fenêtre. Un second coup retentit. Le colonel apparaît, sortant d'un fourré qui borde la ligne des arbres. Vient-il de tirer sur le revenant ? Sa main gauche tient un fusil. Sa droite, un oiseau.

« Voilà donc pourquoi il regarde tout le temps en l'air. Il cherche s'il y a des oiseaux dans le jardin. Et voilà l'explication des grands airs de matamore qu'il a pris cette nuit ! Il prétend s'armer pour combattre le fantôme-cambrioleur, mais en réalité il a l'intention de mitrailler les pauvres volatiles !... Un petit cachottier, ce colonel Cromagnon ! »

Les coups de fusil ont réveillé la plupart des hôtes du château. Ils sont bientôt tous sur pied, pour cette journée de tournage qui doit être la dernière. On oublie les apparitions en s'occupant du matériel et des costumes. La marquise observe ces préparatifs d'un œil réprobateur ; elle grogne :

— Je crains que tout cela ne serve à rien ! Nous ferions mieux de renoncer au tournage aujourd'hui, car je suis sûre qu'une catastrophe va se produire !

Boris Brindisi fait la moue :

— J'espère bien que non ! Nous avons eu déjà assez d'ennuis !... Maintenant, tout le monde en place ! Scribouillette, où en sommes-nous ?

Les projecteurs sont allumés et la caméra sur le point de tourner, lorsque la sonnette du portail tinte. C'est un petit télégraphiste.

— M'sieur Boris Brindisi ?
— C'est moi.
— Un télégramme.

Le metteur en scène lit le message, pousse une exclamation de surprise :

— Par exemple !... Madame la marquise, je crois que vous aviez raison : nous n'allons pas pouvoir tourner aujourd'hui. Écoutez, vous tous ! C'est le plus grand producteur d'Hollywood qui veut me voir !

— Thomas Tom Town ? demande Pommard.

— Lui-même ! Il vient d'arriver à l'aérodrome de Clafouty. Voici ce qu'il dit :

« DÉSIRE VOUS RENCONTRER AVEC TOUTE VOTRE ÉQUIPE POUR VOIR VOS MÉTHODES DE TOURNAGE. SI SUIS SATISFAIT, SIGNERONS GROS CONTRAT POUR AMÉRIQUE. TRÈS URGENT. SIGNÉ : THOMAS TOM TOWN. »

Brindisi exulte :

— Vous rendez-vous compte ! Un gros contrat avec T.T.T. C'est fabuleux ! C'est inespéré ! Allez, les enfants, on remet tout le matériel en caisse, et direction Clafouty ! Vite, vite !

Il se tourne vers la marquise en se frottant les mains :

— Il est vrai que votre fantôme a annoncé un grand événement, mais heureusement ce n'est pas une catastrophe. Bien au contraire !

— J'en suis charmée, monsieur Brindisi. Faut-il vous accompagner ?

— Bien sûr, marquise ! Tout le monde vient avec moi. Je veux que ma troupe soit au grand complet. Nous allons faire une démonstration éblouissante !

C'est un affolement général. Les techniciens se précipitent sur le matériel pour l'enfourner dans les camionnettes, les acteurs courent et se bousculent pour prendre d'assaut les voitures qui s'élancent sur la route dans un train d'enfer. En moins de dix minutes, la troupe grouillante laisse le terrain vide, sous l'œil étonné de Polisson, le chat du château.

Fantômette assiste, songeuse, à ce départ précipité. Elle a entendu Brindisi lire le télégramme à haute voix. Ainsi donc, toute la troupe part pour Clafouty, une localité distante de cent kilomètres environ, en abandonnant le château *et le trésor*.

Un poing sous le menton, elle songe :

« Il y a dans cette affaire de télégramme quelque chose qui ne me plaît pas. Enfin, nous verrons bien. Pour l'instant, puisque je suis toute seule, je vais pouvoir jeter un petit coup d'œil sur cette tour qui semble intéresser fortement notre fantôme. »

Sans se presser, en chantonnant un air à la mode, elle monte dans la mansarde, passe par le vasistas avec plus de facilité qu'elle ne l'a fait au cours de l'orage, et marche sur le faîte du toit, en direction de la tour.

Elle regarde vers le jardin et voit Polisson qui s'est perché sur le capot d'une 2 CV garée le long de la façade ; il lève la tête pour observer la jeune acrobate se livrant à des exercices qui auraient mieux convenu à un quadrupède de son espèce.

Fantômette s'approche de la tour, examine l'intérieur de la niche. C'est une sorte d'ogive creusée dans une pierre couleur de miel. Elle abrite une statuette haute d'un mètre environ. Un personnage qui protège son corps au moyen d'un bouclier rond et lève la main droite. Cette main est à demi ouverte, comme prête à saisir un objet. Ébréchée par endroits, à demi couverte de mousse, l'effigie paraît fort ancienne. Les traits du visage, effacés par le temps, ne fournissent aucune indication sur l'expression que le sculpteur a voulu lui donner.

Fantômette médite longuement devant le petit personnage. Elle murmure :

« C'est curieux ! L'attitude n'est pas celle d'un saint... On croirait plutôt un guerrier brandissant une épée. Une épée qui aurait disparu par suite de sa fragilité... Oui, ce bouclier indique bien qu'il s'agit d'un soldat. »

En examinant de près le bouclier, elle y découvre un croissant de lune gravé.

« Le croissant de l'Islam ! C'est un guerrier arabe... La fameuse statue du More rapportée de Terre sainte par Arnaud de Plessis ! »

Une statue sculptée par un artiste chrétien, évidemment, puisque la religion des musulmans leur interdit toute représentation de personnages. Soudain, c'est un éclair dans l'esprit de Fantômette. Elle fait claquer ses doigts et s'écrie joyeusement :

— Ça y est ! J'y suis ! J'ai trouvé... Un More ! Voilà pourquoi notre fantôme s'y intéresse ! Le mystère est éclairci ! Je devine maintenant ce qu'Alficobras Zanier révélait sur la page manquante ! La fameuse phrase prononcée par Arnaud de Plessis, ce n'est pas : « Le trésor est derrière le mort », mais « Le trésor est derrière le More. » C'est-à-dire quelque part dans le fond de la niche, à l'intérieur de la tour !

— C'est exact, fait une voix.

Fantômette se retourne.

Debout derrière elle, armé d'une pioche à manche court, se tient le journaliste Bolduke. Il affiche un air ironique.

Un instant surprise, Fantômette retrouve vite son sang-froid. Sur le même ton narquois, elle déclare :

— Tiens ! Vous avez fait un peu moins de bruit que la nuit dernière...

— Ah ? Vous aussi vous m'avez entendu ! Les autres sont sortis sous la pluie pour voir ce que je faisais. J'avais espéré que l'averse et le tonnerre étoufferaient tous les sons.

— Qu'aviez-vous l'intention de faire ?

— J'avais hâte d'examiner cette niche ; ce qui était impossible pendant le jour, quand tout le monde se trouvait là. Oui, j'étais si impatient que je n'ai peut-être pas pris toutes les précautions nécessaires. Et le vent m'a gêné pour mettre en place l'échelle. Elle a cogné contre la gouttière à plusieurs reprises.

— Vous auriez pu vous dispenser de cette gymnastique nocturne, mon cher monsieur. Vous avez effrayé cette pauvre marquise...

— Bah ! Une vieille toquée qui croit voir des fantômes partout.

— Avec votre imperméable sur la tête, vous aviez tout du revenant.

— Il fallait bien que je me protège de la pluie. Mais assez bavardé. Ôtez-vous de là, ma petite Fantômette, j'ai du travail sérieux à faire.

— Ah ! Vous ne me prenez donc pas pour Marjolaine ?

Bolduke hausse les épaules.

— Vous me croyez donc si bête ? J'ai commencé à avoir des soupçons lorsque vous avez joué la scène avec l'échelle de corde. Tout à coup, Marjolaine était devenue plus adroite, plus habile. C'était anormal. Et en observant Marjolaine – la vraie – j'ai vu qu'en sortant de table, elle emportait de la nourriture supplémentaire. Or, elle n'a habituellement que peu d'appétit. Donc, c'était pour alimenter quelqu'un.

— Vous avez un don de l'observation remarquable.

— Cela fait partie de mon métier de reporter.

— Votre métier vous oblige également à

faire des sabotages ? L'échelle de corde, par exemple ?

— Oui, c'est moi qui m'en suis occupé. Juste après que ce brave Pommard l'eut attachée, j'ai desserré les nœuds. Et lorsque vous êtes tombée, je me trouvais dans le groupe des cinéastes, ce qui me mettait hors de cause.

— C'est bien ce que j'avais pensé. C'est également vous qui avez emmêlé les fils électriques pour provoquer un court-circuit, brisé les ampoules de rechange et glissé un bloc de fer dans le bâton ?

— Oui. Pour gagner du temps, afin de poursuivre mes recherches.

Fantômette approuve d'un mouvement de tête.

— Très bien. Ce que vous me dites correspond à ce que j'avais deviné. Et maintenant ?

— Maintenant, jeune gamine, je vais donner un coup de pic dans le fond de cette niche...

— ... et prendre l'or qui est derrière le More, pour parler comme Arnaud de Plessis. Avez-vous pensé que cet or n'est pas à vous, mais qu'il appartient à la marquise ? Vous n'avez pas le droit d'y toucher.

Bolduke caresse sa joue d'un air pensif. Il reste immobile, debout, à moins d'un mètre de son interlocutrice. Au bout d'un long moment, il soupire, lève les bras dans un geste désespéré et dit sur un ton de profonde tristesse :

— C'est bon ! Puisque vous vous y opposez, je renonce à ce trésor. Je vais dire à la marquise qu'elle peut le prendre... Tenez, justement la voici qui arrive !

Fantômette tourne la tête pour regarder dans la direction que lui indique Bolduke. Un centième de seconde trop tard, elle comprend qu'elle vient de commettre une erreur : le manche du pic atteint sa tempe droite violemment, et l'étourdit à demi. Presque inconsciente, elle dévale en roulant la pente de la toiture et est précipitée vers le sol !

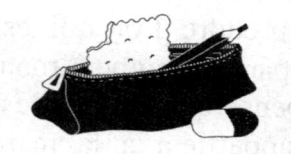

chapitre 12

Le secret du More

Fantômette ouvre les yeux.

Mais d'abord elle ne voit rien. Tout est noir autour d'elle. Puis, lentement, peu à peu, elle commence à discerner quelques lueurs. Un mur grisâtre lui apparaît, puis une porte de bois, un escabeau faiblement éclairés par la flamme jaunâtre et vacillante d'une bougie plantée dans le goulot d'une bouteille. La pièce où elle se trouve présente l'aspect d'une cave.

Sa tempe droite lui cause une douleur lancinante. Elle veut y porter la main, mais son geste est arrêté avant même d'être commencé.

« Hein ? Je suis attachée ?... Oui, ce gredin de journaliste m'a ficelée ! C'est scandaleux ! Il prend donc Fantômette pour un saucisson ! »

Elle est allongée par terre, sur le dos. La corde qui lui immobilise bras et jambes est passée, par surcroît de précaution, dans un anneau de fer scellé au mur.

Fantômette remue un peu, pour chercher s'il y a quelque moyen de se libérer, mais les ligatures l'enserrent encore plus étroitement, et les élancements dans son crâne se font plus intenses. Elle maugrée :

« Le bandit m'a donné un coup de poing sur la tempe gauche, puis un coup de manche de pioche sur la tempe droite. C'est deux de trop ! Décidément, je ne suis pas en forme, ces jours-ci ! »

Tout à coup, une question lui vient à l'esprit. *Pourquoi ne s'est-elle pas tuée en tombant du toit ?*

« Voyons... il m'a frappée... J'ai dévalé la toiture en roulant... Je suis tombée... et puis ? Je ne me souviens plus de rien ! »

Elle cherche à résoudre ce problème lorsque le loquet claque ; la porte s'ouvre et Bolduke entre. Il demande avec un sourire moqueur :

— Alors, la terrible justicière masquée a

fini son petit dodo ? Parfait ! Pas trop abîmée ? Tant mieux pour vous, ma chère ! Je n'en dirais pas autant de ma 2 CV. En tombant dessus, vous avez défoncé la capote et la banquette arrière.

— Comme c'est navrant ! Vous m'en voyez désolée.

Le petit air goguenard de Fantômette dément ses paroles. Le journaliste prend la bougie, éclaire un recoin de la cave où gisent quelques outils.

— Il me semble avoir vu une pioche par ici... Oui, la voilà !

— Vous avez cassé votre pic, mon cher monsieur ?

— Oui. Ces vieilles pierres sont plus dures qu'on pourrait le croire.

Il jette l'outil brisé, repose la bougie sur la table en affirmant avec orgueil :

— Dans quelques minutes, je serai milliardaire. Et je pourrai acheter une voiture neuve. Un modèle de grand luxe.

Fantômette a un petit rire. Elle dit à mi-voix :

— Mon bonhomme, tu n'es pas près de l'avoir, ta voiture de grand luxe !

Bolduke la regarde avec étonnement, puis

il hausse les épaules, sort en claquant la porte et repousse le verrou d'un coup sec.

La file des voitures et des camionnettes composant la caravane des cinéastes s'arrête en bordure de l'aérodrome. Visage réjoui et sourire aux lèvres, Boris Brindisi s'avance à grands pas vers l'entrée du hall. Déjà il s'écrie, en ouvrant largement les bras :

— Cher Thomas Tom Town !...

Mais le hall de l'aérogare est à peu près désert. Derrière le comptoir d'un bar, un garçon lit son journal. Brindisi l'interroge. Non, il n'a rien vu qui ressemble, de près ou de loin, à l'illustre Thomas Tom Town. D'ailleurs, aucun avion ne s'est posé depuis la veille. Au vu du télégramme, il secoue la tête.

— J'ai l'impression qu'il s'agit d'une erreur, monsieur. Ou alors, on vous a fait une farce.

Boris Brindisi froisse rageusement le télégramme, rejoint sa compagnie et hurle en agitant le poing :

— Demi-tour ! On s'est moqué de nous ! On a voulu me faire perdre mon précieux temps ! Je parie que c'est encore un coup de notre saboteur ! Ah ! si je l'attrape, celui-là, je lui fais avaler une caméra de force !

Le retour au château se fait à une allure digne des Vingt-Quatre Heures du Mans. Pendant tout le trajet, la marquise ne cesse de marmotter :

— Je l'avais bien dit, qu'il arriverait un malheur ! Mais on ne veut jamais me croire. On me traite de vieille radoteuse !... Pourtant, je l'avais dit, je l'avais dit !

Pourquoi Fantômette a-t-elle murmuré qu'il n'achèterait pas de nouvelle voiture ? Par dépit, sans doute. Se voyant vaincue, elle n'a plus que la piètre ressource de lancer des quolibets inutiles...

Bolduke remonte les étages du château, puis grimpe sur le toit. Il reprend son travail de creusement, qui consiste à élargir et à approfondir la niche. La pierre est dure ; le soleil commence à chauffer sérieusement. Au bout d'un moment, il enlève sa veste, l'accroche au bras du guerrier more et retrousse ses manches de chemise. Il empoigne de nouveau la pioche pour frapper à coups redoublés. Mais la tour résiste.

Ah ! le sire Arnaud de Plessis a bien fait

les choses ! Il a dû creuser profondément dans la muraille pour y enfouir la poudre d'or... Cela a dû lui prendre beaucoup de temps... Et pourtant, il était pressé, puisque les gardes du roi étaient sur le point de l'arrêter.

Cette pensée fige soudain le journaliste. Il y a là une contradiction. Comment, en l'espace de quelques minutes, Arnaud a-t-il pu cacher le trésor ? Il n'a pas eu le temps de faire un trou dans cette pierre dure, presque neuve...

Bolduke laisse tomber son outil, passe une main sur son front couvert de sueur.

« Mais... Je suis idiot ! Les pierres de la niche devraient être aussi vieilles que la statue, puisque toute cette affaire s'est passée à la même époque... »

Il se rappelle soudain les propos tenus par la marquise, ainsi que divers passages de l'*Histoire des Cavaliers*. Au cours des âges, le château a été partiellement détruit à plusieurs reprises, et restauré. La partie de la tour dans laquelle il est en train de creuser date tout au plus de quelques dizaines d'années !... Il commence à comprendre pourquoi Fantômette a dit qu'il n'achèterait pas de nouvelle voiture. *Elle a deviné avant lui que le trésor n'est pas, ne peut pas être dans la tour.*

Il réfléchit.

« Mais alors, la phrase d'Arnaud serait fausse ? Si le trésor n'est pas derrière le More, où est-il ? Nécessairement dans une partie ancienne du château... Caché quelque part au cœur des vieilles pierres. »

Il décroche sa veste de la statue, l'enfile en poursuivant sa méditation.

« Il me faudrait ausculter chaque partie du château, sonder les murs, étudier minutieusement l'*Histoire des Cavaliers* pour déterminer ce qui est ancien et ce qui est récent. Un travail d'historien et d'archéologue... Je n'en ai pas le temps. Le film se termine aujourd'hui ou demain. »

Il grommelle :

« M'être donné tout ce mal pour en arriver là ! Je n'en sais pas plus long que cet ignare d'Alficobras Zanier ! »

Le journaliste considère le guerrier more qui semble se moquer de lui, en plissant le trait qui lui tient lieu de bouche. Au fait, c'est là un objet en pierre du XIIe siècle ! Le trésor ne serait-il pas, non derrière le More, mais *dedans* ?

Bolduke frappe du poing droit la paume de sa main gauche en s'exclamant :

« Mais oui, parbleu ! La phrase d'Arnaud a été mal transcrite... La statue doit être creuse, et la poudre d'or est cachée à l'intérieur. Arnaud a pu faire cette opération très rapidement. De la poudre d'or, cela coule comme un liquide. Il suffit qu'il y ait un trou dans le haut de la statue, par où l'or a été versé. En cherchant bien, je dois le trouver... Et puis non, un coup de pioche dans le bonhomme, et ce sera plus vite fait. À moi la fortune ! »

Il ôte de nouveau sa veste, empoigne le pic et le soulève pour frapper l'effigie.

Alors, il y a dans le jardin un vrombissement de moteur, suivi d'un coup de frein brutal. Bolduke mâchonne un juron :

« Ah ! Pas de chance !... Voilà ce maudit Brindisi qui revient une minute trop tôt ! »

chapitre 13
Enlèvement

Boris Brindisi s'affaire, lance des ordres tonitruants :

— Sortez-moi les caméras, les écrans, les projecteurs, tout le matériel ! Et que ça saute ! Scribouillette, vite ! Où en sommes-nous ?

Pendant que la scripte s'occupe de paperasses et que les techniciens déchargent les camionnettes à toute allure, Bolduke apparaît. Brindisi l'interpelle :

— Ah ! vous voilà ! Vous êtes allé à votre journal ?

— Oui, j'arrive de Paris à l'instant même... Mais vous étiez parti, monsieur Brindisi ?

— Un mauvais plaisant nous a fait courir à l'aérodrome de Clafouty... Allons, vous autres, approchez cette caméra !

121

Occupé à surveiller son personnel, Boris Brindisi ne voit pas le sourire qui s'est dessiné sur les lèvres du journaliste. Car c'est bien lui, le « mauvais plaisant », qui a prétexté une visite à son journal pour pouvoir expédier le télégramme. Par ce moyen, il a éloigné la troupe du château. Mais maintenant, tout est à recommencer. Il va falloir trouver autre chose. D'un pas nonchalant, il retourne vers l'entrée de l'édifice.

Le metteur en scène confère longuement avec la scripte pour préparer le tournage d'un des derniers plans du film. Marjolaine – toujours dans le rôle de Fantômette – doit attacher le fantôme Bernard-Bertrand au moyen d'une corde à rideaux. Brindisi met ses mains en porte-voix et appelle :

— Marjolaine ! Où es-tu ? On a besoin de toi !

Le journaliste revient. Il s'approche de Brindisi et feint l'étonnement :

— Comment ? Vous appelez Marjolaine ? Elle n'est pas ici.

— Pas ici ? Elle est revenue en voiture avec moi ! Elle doit être dans sa chambre.

— Mais non ! Je l'ai aperçue il y a cinq minutes, dans le bois. Elle s'éloignait du château en compagnie d'un homme qui la tenait par la main.

— Quel homme ?

— Ma foi, je n'ai pas fait attention. J'ai cru qu'il s'agissait d'un des cinéastes...

Soudainement inquiet, Boris Brindisi pousse un cri :

— Mais non, ce n'est pas l'un de nous ! C'est quelqu'un qui vient de l'enlever ! Pommard ! Bernard-Bertrand ! Colonel ! Venez vite... Marjolaine a été kidnappée !

C'est un concert de cris poussés par l'habilleuse, la marquise et la scripte. Le journaliste pointe un doigt vers le bois.

— Ils s'en allaient par là. Ils n'ont pas eu le temps d'aller bien loin. En courant, vous pourrez les rattraper...

Tout le monde se précipite dans la direction indiquée, et après quelques secondes, la place se trouve vide. Bolduke a un petit rire de triomphe. Il allume tranquillement une cigarette, entre dans le château et monte, une fois de plus, sur le toit. Il prend alors sa pioche et éventre la vénérable statue du guerrier more.

Quelques minutes avant le déroulement de cette scène, la porte de la cave s'est ouverte pour laisser entrer le journaliste qui pousse Marjolaine devant lui.

La fillette roule de grands yeux inquiets. La lumière jaune de la bougie éclaire le visage menaçant du journaliste qui ricane :

— Je t'amène de la compagnie, Fantômette. Tu t'ennuieras moins.

— Quelle charmante idée ! Vous êtes tout plein d'attentions.

Sans répondre, Bolduke attache Marjolaine à côté de Fantômette qui reprend gaiement :

— Alors, cher ami, vous avez abattu la tour ? Vous avez trouvé le trésor ?

— Non.

— Je vous l'avais dit ! La tour a été récemment reconstruite, par conséquent l'or ne peut s'y trouver.

— En effet. Mais maintenant je sais où il est.

— Vraiment ?

— Oui. À l'intérieur du More. Je vais le démolir.

Fantômette fait la moue.

— C'est bien dommage. Une statue si ancienne, si vénérable. C'est du vandalisme.

D'ailleurs je doute fort que la marquise ou Brindisi vous laissent le loisir de faire ce petit travail de démolition...

Le journaliste hausse les épaules :

— Je vais éloigner ces gêneurs, une fois encore. C'est facile. Je vais leur servir une petite fable de mon invention. Il suffit de dire que Marjolaine vient d'être enlevée par un inconnu et tout le monde déguerpira pour se lancer à sa recherche.

Fantômette se mord les lèvres.

— Je vois. Vous avez encore trouvé un truc pour rester seul.

— Oui, ma petite. Maintenant, plus rien ne m'empêchera de mettre la main sur le trésor.

Il sort de la cave, remonte et fait part à Brindisi du prétendu enlèvement de la jeune actrice, ainsi qu'on l'a vu. Puis il grimpe sur la toiture et fait éclater la statue en mille morceaux.

Elle est faite de pierre massive, pleine. Rien à l'intérieur. Pas la moindre cachette, pas la plus petite poussière d'or !

chapitre 14
Négociations

Fantômette demande à Marjolaine :
— Alors, que s'est-il passé ?... Ne pleure pas, je suis là, tu n'as rien à craindre. Oui, je suis attachée, mais cela n'a aucune espèce d'importance. Parle !

Marjolaine renifle et explique :
— Je suis revenue de l'aérodrome dans la voiture de M. Brindisi, en compagnie du majordome Baptiste et de la Bibi. M. Brindisi m'a dit que nous allions reprendre le tournage tout de suite et que je devais me dépêcher de m'habiller. Je suis entrée en courant dans le vestibule, et au moment où j'allais monter l'escalier, le journaliste m'a fermé la bouche avec une main pour m'empêcher

de crier, et m'a emportée jusqu'ici. Mais toi ? Que t'est-il arrivé ?

Fantômette met son amie au courant de ses aventures sur le toit ; à peine a-t-elle terminé, que la porte s'ouvre pour laisser entrer Bolduke. Il a l'air abattu. Fantômette l'accueille avec l'espièglerie qui lui est familière.

— Déjà de retour, mon cher monsieur ? Je suis charmée de vous revoir aussi vite. Chacune de vos visites est un enchantement qui ravit mon âme et... Heu... Vous ne semblez ni enchanté ni ravi ? Auriez-vous, par hasard, quelque contrariété ? Quelque chose qui n'irait pas ? La fortune n'était-elle pas contenue dans l'estomac du More ? Non ? Comme je vous plains, mon pauvre monsieur ! Mais peut-être n'avez-vous pas bien regardé ? Si ? Alors, il faut chercher ailleurs.

Silencieux, le journaliste observe le visage de Fantômette avec une attention extrême. Il prend la bougie, s'approche pour mieux l'examiner. Il voit, derrière le masque, deux yeux pétillants de malice, une bouche qui dessine un sourire railleur. Nerveusement, il profère :

— Vous savez !... Vous savez quelque chose, n'est-ce pas ? Quand j'ai creusé la tour, vous aviez déjà deviné que l'or ne pouvait pas s'y trouver. Quand j'ai parlé du guerrier, vous n'avez pas eu l'air non plus de croire que je trouverais. Et maintenant, j'ai l'impression que vous avez découvert la cachette... Répondez !

Fantômette se tait, se contentant d'écouter les paroles de son adversaire, sans approuver ni démentir.

Bolduke reprend, sur un ton plus cassant :

— Écoute, ma petite. Ne crois pas que je sois dupe. Dès l'instant que tu es sur place, c'est que tu t'intéresses toi aussi au trésor. Ce n'est pas pour t'amuser que tu as lu l'*Histoire des Cavaliers*. Et que tu as tracé les plans du château. Ne nie pas ! J'ai fouillé le salon rose, et j'y ai trouvé les croquis que tu as faits... Alors, Fantômette la Justicière, l'honnête Fantômette qui pourchasse les bandits, je n'y crois pas ! C'est de la blague... Donc, voici ce que je propose. Puisque nous voulons atteindre le même but, au lieu de nous combattre, associons-nous. Dis-moi où est l'or, et nous partagerons, moitié-moitié. D'accord ?

Il attend la réponse avec anxiété. Dans sa main, la bouteille surmontée de la bougie tremble. La jeune fille sourit, ouvre la bouche et dit tranquillement :

— Allez vous faire cuire une omelette !

L'homme pousse un rugissement de dépit. Il s'écrie avec fureur :

— Très bien ! Puisque c'est ainsi, je n'ai plus de scrupule à avoir. Ah ! tu ne veux pas parler ? Parfait ! on va te délier la langue. Ah ! on veut jouer au plus fin avec moi... Eh bien, nous allons voir qui aura le dernier mot. Je vais un peu te chatouiller la plante des pieds avec la flamme de cette bougie, et il faudra bien que tu parles !

Fantômette dit joyeusement :

— Allez-y ! Justement, cette cave est très humide. Je serai ravie de me réchauffer un peu les pieds.

Devant cette insouciance, le journaliste fronce les sourcils. Il murmure :

« Non, je fais fausse route. Elle serait capable de tout supporter sans rien dire... Appliquons plutôt le traitement à l'autre. »

Il s'approche de Marjolaine qui se met à pousser des cris d'effroi.

— Ma chère Fantômette, c'est maintenant le moment. Si tu ne parles pas, je transforme ton amie en poulet rôti.

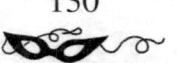

— Arrêtez, espèce de brigand ! crie Fantômette, vous avez gagné.
— Tu es décidée à parler ?
— Oui.
— Tu vas me dire où est le trésor ?
— Oui.
— C'est bon.

Il repose la bougie sur la table, ramasse la pioche dont il caresse le fer en disant :
— J'écoute.

Fantômette dit sèchement :
— Pas si vite. Il y a des conditions.

Bolduke sursaute :
— Comment, des conditions ? Je suis maître de la situation ! C'est moi qui commande ici !

Fantômette secoue la tête.
— Vous n'êtes pas aussi fort que vous le croyez. Les cinéastes vont bientôt s'apercevoir que vous les avez envoyés sur une fausse piste. Ils reviendront dans quelques minutes. À ce moment-là, vous ne pourrez plus rien faire.
— Alors ?
— Alors, premièrement : laissez partir Marjolaine. Regardez-la, cette pauvre petite... Elle pleure comme une arroseuse municipale.

— Non, c'est un otage. Je ne peux pas la laisser filer. Si elle sortait d'ici, qui me garantirait que tu parlerais ?

— Moi. J'ai promis de révéler l'emplacement de la cachette, et je le ferai. Fantômette n'a qu'une parole.

Bolduke hésite une seconde, puis il accepte :

— C'est bon. Je te fais confiance.

Il détache Marjolaine, la fait sortir et referme la porte. Puis il se tourne vers Fantômette.

— Voilà, c'est fait. Maintenant, le trésor.

— Attendez, mon cher. Il y a une autre condition.

— Quoi ? Encore ! Qu'est-ce que c'est ?

— Détachez-moi.

— Hein ?

— Parfaitement ! Je suis saucissonnée depuis une heure. J'en ai assez ! J'ai besoin de mouvement, moi !

Bolduke réfléchit, hésite. Fantômette essaie-t-elle de lui jouer un tour ? Cependant, elle a donné sa parole. Et l'on ne peut attendre indéfiniment. Boris Brindisi ne va pas tarder à revenir. Le temps joue en faveur de la jeune fille.

Bolduke se décide. Tant pis, il faut courir le risque. Il détache Fantômette qui se relève aussitôt, sautille sur place, effectue quelques mouvements respiratoires, puis s'écrie :

— Ouf ! Ça fait du bien de pouvoir gigoter !

Avec impatience, Bolduke exige :

— Suffit ! Dis-moi maintenant où est l'or !

Mais il n'est pas encore au bout de ses peines. La jeune aventurière lève une main pour le calmer :

— Attendez, cher monsieur, attendez !

— Attendre quoi ?

— Laissez-moi une seconde... Le temps de réfléchir...

— De réfléchir ? à quoi ?

— *À l'endroit où se trouve le trésor.*

— Comment ? Tu ne sais donc pas où il est ?

Fantômette éclate de rire :

— Ma foi, non ! Je n'en ai pas la moindre idée.

chapitre 15

Fantômette utilise son cerveau

Pendant un long moment, c'est le silence. Le silence terrible qui précède l'explosion d'une bombe atomique. À la fin, Bolduke éclate :

— Tu ne sais pas où est l'or ! Tu te moques de moi ? Je viens de laisser filer Marjolaine et... Ah ! C'est comme ça que tu tiens tes promesses ? Et tu oses dire que Fantômette n'a qu'une parole ?

— Attendez ! Un peu de calme, mon cher monsieur. Je n'ai jamais affirmé que je savais où est l'or. J'ai simplement promis de vous indiquer son emplacement.

— Alors ? Je ne vois pas la différence.

— La différence est très simple. Pour tenir

ma promesse, il faut d'abord que je *devine* l'emplacement de la cachette.

— Donc, tu ne sais rien ?

— Je vous répète que non. Je n'en sais pas plus que vous. Laissez-moi seulement cinq minutes. Avec vos grands cris, je ne peux pas réfléchir !

— Et tu affirmes que dans cinq minutes...

— Je vous dirai où est la poudre d'or.

Bolduke hoche la tête.

— Absurde ! Comment pourrais-tu trouver en cinq minutes ce qu'on a vainement cherché pendant sept cents ans ?

Fantômette ne répond pas, et le journaliste a alors l'impression que, derrière le persiflage et les plaisanteries de la jeune fille, il peut y avoir quelque chose de sérieux. Elle a promis, elle tiendra. Il s'adosse dans un coin de la cave, observe.

Les mains derrière le dos, Fantômette va et vient comme une panthère dans sa cellule. La bougie projette son ombre contre la muraille, qui répète fidèlement chacun de ses mouvements, chaque tressautement du pompon au bout du bonnet pointu.

Après un long moment, elle cesse son

va-et-vient, s'assied sur l'escabeau en croisant les jambes et dit à mi-voix :

— Un problème bien posé est à moitié résolu. Donc, posons le problème. Que s'agit-il de faire ? Il faut trouver, dans cet immense château, les parties les plus anciennes. Puis découvrir les quelques décimètres cubes de vide qui contiennent la poudre d'or. Bon. La clef du mystère est constituée par une phrase : « Le trésor est derrière le mort », ou derrière « le More ». Parfait.

Elle se remet à faire les cent pas, tout en déroulant à haute voix le fil de sa pensée.

— Nous éliminons les parties récemment reconstruites. La tour, le haut du château, dont la charpente a brûlé à plusieurs reprises. La partie la plus ancienne, celle qui n'a pas été touchée, c'est la partie centrale. L'entrée, le vestibule, la salle à manger. C'est là qu'il faut chercher. Revenons maintenant à notre historien, Alficobras Zanier. Il est évident qu'il se trompait en faisant intervenir le More. Néanmoins il y a dans sa théorie un élément intéressant. Cet élément c'est un détail orthographique. Selon qu'on écrit *mort* ou

More, les recherches s'orientent vers le cimetière ou vers la tour. Dès lors...

Elle s'arrête, appuie son index sur la pointe de son menton.

— Puisqu'il existe deux orthographes, il pourrait bien en exister une troisième, qui nous permettrait de chercher dans une autre direction. Oui, j'ai l'impression... C'est encore bien vague, mais j'entrevois quelques lueurs.

Le journaliste demeure silencieux, immobile, attentif. Son regard est fixé sur Fantômette. Il attend, fasciné, la solution qui va naître du travail mental intense auquel il assiste. Il ne cherche plus lui-même ; c'est inutile. Il est maintenant convaincu que les déductions de la jeune fille vont le conduire droit à la cachette.

Et soudain, c'est l'éclair, le déchirement du voile. Fantômette pousse un cri de joie, frappe dans ses mains, fait une pirouette.

— Ça y est ! ça y est, j'ai trouvé ! Oui, il n'y a pas d'autre solution... Ah ! je savais bien qu'il devait exister une troisième orthographe ! D'où l'utilité d'apprendre l'alphabet, le vocabulaire et la grammaire ! Eurêka, mon cher Bolduke ! Ce brave Arnaud de Plessis a dit juste. Encore fallait-il comprendre ce qu'il voulait exprimer.

Bolduke presse Fantômette :

— Dites vite ! Le trésor, où est-il ?

Fantômette fait une révérence comique.

— Je vais avoir l'honneur de révéler à Votre Seigneurie, quoiqu'Elle ne le mérite guère... et quoique je me sois promis de lui rendre son coup de poing et son coup de manche de pioche...

— Bah ! passons... Je vous donnerai la moitié du trésor et tout sera oublié. Alors, où est-il ?

Fantômette se met debout, lève un index et dit sur un ton docte :

— Messieurs, nous savons qu'on peut désigner un défunt par le mot : mort. Ou un musulman par le mot : More. Mais il existe une troisième manière. Avec un M, un O, un R et un S, on obtient : *mors*, qui désigne une pièce de fer que l'on place entre les mâchoires d'un cheval. Ce mors est rattaché aux rênes qui servent à conduire l'animal. Vous connaissez l'expression « prendre le mors aux dents » ?

— Oui, quand un cheval serre le mors avec

ses incisives, et qu'on ne peut plus le gouverner. Mais quel rapport avec le trésor ?

— Un rapport évident. Arnaud voulait dire : « Le trésor est derrière le mors. » Or, qui dit *mors, dit cheval*. Et il n'est pas surprenant qu'Arnaud ait parlé de chevaux. N'oublions pas qu'il a fondé l'ordre des *Cavaliers*. Il est normal qu'il ait confié la sauvegarde du trésor *à un cheval*. Donc, il ne nous reste plus qu'à trouver un cheval dans la partie ancienne du château, et à regarder derrière son mors. J'ai dit.

Bolduke se gratte le bout du nez.

— Un cheval ? Où y en a-t-il un ? Je n'en ai vu nulle part.

— Si. Au-dessus de l'entrée. La clef de voûte a la forme d'un écusson sur lequel est sculptée une tête de cheval. Précisément dans la partie du château qui date du XIIe siècle. Il est probable que l'écusson peut s'enlever facilement. Il recouvre la cachette.

Un éclair étrange passe dans le regard du journaliste. Il crie : « Merci pour le renseignement ! », prend rapidement la pioche et se lance sur Fantômette. Mais la jeune fille roule sur le côté en abattant la bougie qui s'éteint. Bolduke comprend qu'il n'a aucune chance de la maîtriser dans l'obscurité. À tâtons, il trouve la porte, la referme et pousse le verrou. Puis il tire son mouchoir et s'essuie le front.

« Ouf ! Voilà une bonne chose de faite. Premièrement, je sais où est l'or. Deuxièmement, je suis débarrassé de mon ennemie n° 1. Débarrassé provisoirement. Le temps de mettre la main sur la fortune. Après... »

Il va pour remonter l'escalier de la cave, mais une hésitation le retient. Après ?... Il ne suffit pas de posséder l'or et d'enfermer Fantômette pour quelques minutes. Une fois libérée, elle est tout à fait capable de retrouver sa piste, de le poursuivre au bout du monde et de lui demander des comptes. Ce n'est pas assez de la mettre hors de combat provisoirement. Avec un adversaire de cette taille, il est indispensable de prendre des précautions beaucoup plus efficaces. Il faut s'en débarrasser *définitivement*.

Bolduke fait demi-tour, pose sa main sur le verrou. Il va faire subir à Fantômette le même traitement qu'il a appliqué au More. Quelques coups de pioche...

Il avise alors une canalisation qui court à mi-hauteur du mur.

« Ah ! il me vient une meilleure idée. Oui, ce sera plus commode. Non pas un meurtre, mais un simple accident. La fuite d'un robinet mal fermé. »

À l'extrémité du tuyau, il y a en effet un robinet. Le journaliste l'ouvre en grand, après avoir obturé le conduit d'évacuation avec quelques gravats obtenus en défonçant le sol. L'eau tombant en trombe commence à envahir le local, à se glisser sous la porte de la cave qu'elle va bientôt remplir, l'endroit étant situé dans la partie la plus basse du château.

Satisfait de ce nouveau sabotage, Bolduke met la pioche sur son épaule et remonte l'escalier en sifflotant.

« Bon débarras ! pense-t-il, on n'entendra plus parler de cette maudite Fantômette. »

Il traverse le vestibule, sort dans le jardin. Tout y est calme. Les cinéastes doivent continuer leur inutile poursuite. Il court vers l'endroit où il a laissé l'échelle qui lui a servi à monter sur le toit, lors de la nuit orageuse. Il la dresse devant la façade, appuyée à côté de l'écusson, grimpe rapidement et examine la pierre.

Tout de suite, un détail attire son attention. Le pourtour de l'écusson est marqué par une mince fente, comme si la matière avait manqué à cet endroit. Il agrippe ses doigts sur les sculptures, pousse, tire. La pierre remue, comme une dent prête à se déchausser.

Bolduke sort de sa poche un gros canif, insère la lame dans l'interstice, pèse sur le manche. L'écusson bouge, s'écarte légèrement de la muraille. Encore un effort, et le journaliste, avec une émotion intense, fait pivoter la pierre comme une porte de coffre-fort.

À l'intérieur, il y a un espace rectangulaire, dont les dimensions sont à peu près celles d'un fourneau de cuisine. Une cachette sombre, au fond de laquelle on peut distinguer néanmoins quelque chose de blanc. Bolduke tend la main, prend l'objet. C'est une carte de visite qui porte ces mots :

FANTÔMETTE

vous remercie de l'intérêt que vous portez aux vieux châteaux historiques et a l'honneur de vous faire savoir que le trésor des Cavaliers n'a quitté cette cachette que pour être remis entre les mains de ses légitimes propriétaires.

Cordiales salutations.

chapitre 16
La flamme au soleil

— Oui, capitaine, elle a été enlevée ! Marjolaine, mon actrice n° 1. Si vous ne la retrouvez pas, mon film est perdu. Il me reste encore des scènes à tourner, vous comprenez ?

Boris Brindisi s'est précipité à la gendarmerie. Il expose l'affaire avec volubilité, ne s'arrêtant de gesticuler que pour essuyer son front. Les autres cinéastes se sont dispersés dans les bois, à la recherche de Marjolaine et de son hypothétique ravisseur. Le capitaine rassemble aussitôt ses gendarmes et lance des ordres :

— Vous, brigadier Mâchefer, prenez deux hommes et longez le petit sentier qui coupe à travers bois. Vous, Sainfoin, prenez la jeep et patrouillez autour avec votre escouade. Moi, je vais passer le centre au peigne fin. En avant !

Quelques instants plus tard, les gendarmes rejoignent les cinéastes et tout le monde se met à battre systématiquement les sous-bois.

Après dix minutes d'exploration, trois coups de sifflet retentissent : signal indiquant qu'on vient de retrouver la disparue.

C'est bien Marjolaine. Elle s'est éloignée du château en courant pour chercher du secours contre Bolduke. Elle explique rapidement comment il l'a enlevée, ainsi que Fantômette.

— Comment ? s'écrie Brindisi. Fantômette ? La vraie ? Elle est donc ici ?

— Oui. Elle combat Bolduke qui est l'auteur des sabotages.

— Mille millions de milliards ! C'est lui, ce gredin, cette canaille que je dois étriper ? Ah ! le bandit ! Je vais lui faire manger de la pellicule !

On retourne en toute hâte vers le château. La colère décuple les forces de Boris Brindisi qui, malgré son embonpoint, arrive bon premier dans la cour. Il est rejoint par les cinéastes et les gendarmes. Alors, chacun peut contempler une scène tragi-comique, un épisode burlesque qui n'a pas été prévu dans le scénario du film !

Le journaliste se tient en haut de l'échelle, qui est toujours appliquée contre le mur. Au bas, debout sur une caisse à fleurs retournée, Fantômette le menace avec le fusil qui a servi au colonel pour tirer son oiseau. Elle s'offre le plaisir de narguer son adversaire qui fait assez piteuse figure :

— Non, monsieur Bolduke, non ! Ne descendez pas encore ! Restez un peu sur votre perchoir, pour que l'honorable assistance ait le plaisir d'admirer votre vilaine bobine ! Et veuillez expliquer par le détail ce que vous faites là-haut !

Mais Bolduke ne répond pas. Il est trop stupéfait par l'incompréhensible disparition de l'or et l'inexplicable apparition de Fantômette.

C'est cette dernière qui lui donne la double solution, sur le ton d'un montreur de phénomène de foire :

— Admirez, mesdames et messieurs, l'illustrissime journaliste Bolduke, qui a

147

consacré sa carrière à l'étude du château de Tours-lès-Plessis, et à la recherche de son trésor. Il a été aidé dans cette tâche écrasante par la non moins illustre Fantômette, votre servante (révérence), et pour la récompenser, il l'a enfermée dans une cave. Ou disons, pour être plus précis, qu'*il a cru* l'enfermer. En fait, l'illustrissime Fantômette ayant, parmi d'innombrables qualités – sauf la modestie –, celle d'être aussi leste qu'agile, s'est empressée de sortir de la cave dès que la porte a été ouverte. Cela se passant dans la plus parfaite obscurité, l'incomparable journaliste n'y a vu que du noir. Et il a tout bonnement repoussé la porte sur un local où ne devait se trouver qu'une araignée suspendue au plafond et un rat caché dans son trou...

Fantômette s'arrête une seconde pour reprendre haleine, puis elle poursuit :

— Mais votre illustre servante (nouvelle révérence) ne s'est pas contentée de quitter la cave au nez et à la barbe du nommé Bolduke. Elle a couru au jardin, a mis l'échelle en place, a ouvert la cachette et a remplacé le trésor par une carte de visite *qui était prête depuis la veille*. Oui, cher Bolduke, j'étais tellement sûre de gagner... Que voulez-vous, quand j'entreprends quelque chose, j'ai pour habitude d'aller jusqu'au bout, jusqu'à la réussite. Allons, ne faites pas cette tête-là ! Regardez-le ! On croirait voir un chien à qui l'on a pris son os !

L'expression furibonde de son visage traduit clairement les pensées du journaliste. Il grommelle :

— On se retrouvera !

— Oui, dit Fantômette, mais un autre jour. Maintenant je vous donne la permission de redescendre. Je vois qu'un comité d'honneur est prêt à vous accueillir, présidé par un capitaine de gendarmerie.

Bolduke descend. Avant d'être emmené, il a la consolation de voir l'objet qui vient de le conduire à sa perte. C'est un sac de cuir noirci par les siècles, enrobé de poussière et de toiles d'araignée. Fantômette y plonge la main, la sort pleine d'une poudre jaune qu'elle fait couler entre ses doigts.

— L'or des Cavaliers ! Regardez comme c'est beau !... On croirait qu'il flambe au soleil...

Tous se rapprochent. On veut voir l'or de près, le toucher, le soupeser. La marquise en prend délicatement une pincée, l'examine et hoche la tête avec un sourire satisfait. Elle déclare :

— Je vous l'avais bien dit, que l'apparition du fantôme annoncerait un grand événement ! Je vous l'avais bien dit !

— Et vous aviez raison ! approuve Boris Brindisi. C'est un grand événement. Je vais immédiatement modifier mon scénario et inclure cet épisode. Ce sera de l'authentique, du vécu ! Nous allons tout de suite tourner ce plan. Scribouillette, note vite : découverte du trésor par Fantômette. Et c'est Fantômette elle-même qui va jouer son propre rôle... Mais où est-elle passée ? Elle n'est plus là !

Dans la confusion qui s'est produite au moment où le sac d'or a été ouvert, personne ne s'est rendu compte que l'héroïne s'est éclipsée. Brindisi se fâche tout rouge :

— Tonnerre ! Je tenais la véritable Fantômette, et je la laisse filer ! Ah ! quel dommage !

— Mais, dit l'habilleuse, Marjolaine fait très bien l'affaire ! Aussi vrai qu'on m'appelle la Bibi !

Ahurie, Marjolaine s'exclame :

— Ah ! vous saviez donc qu'on vous appelait comme ça ?

— Je l'ai toujours su, dit la brave femme avec simplicité.

Épilogue

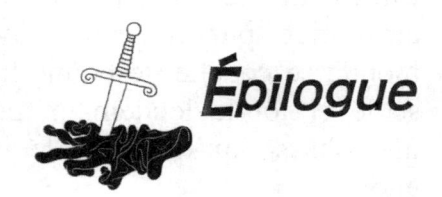

Avec l'or des Cavaliers, la marquise a pu remettre en état le château de Tours-lès-Plessis. Elle célèbre cette rénovation en conviant à une grande soirée tous ceux qui ont participé au tournage du film *Fantômette et le fantôme*. Il n'y manque que le journaliste Bolduke. Mais peut-être y reviendra-t-il un jour, car après un petit séjour en prison, il s'est racheté en lançant une grande campagne pour la sauvegarde des monuments. Grâce aux efforts qu'il déploie et aux articles qu'il publie dans son journal, nombre de vieux châteaux vont pouvoir être sauvés.

Fantômette manque aussi. Elle est en mer, à la poursuite de trafiquants d'armes. Cependant, la soirée de la marquise est une parfaite réussite. Sans doute n'y parle-t-on que de fantômes et de revenants, mais dans une ambiance parfaitement joyeuse. Tout le monde se couche de bonne heure, car il faut se lever tôt le lendemain, pour participer à une chasse qu'organise le colonel Cromagnon.

Marjolaine vient de signer un nouveau contrat pour un feuilleton télévisé qui s'intitulera *Fantômette contre les Martiens*. Pour l'instant, on se demande où le génial Boris Brindisi trouvera d'authentiques habitants de la planète Mars. Mais lui-même ne semble guère s'inquiéter pour ce détail. Il est parfaitement satisfait du succès remporté par le premier film. Son seul regret est de n'avoir pas connu plus tôt Fantômette. De temps en temps, il lui arrive de dire rêveusement à son assistant :

— Oui, j'aurais aimé pouvoir l'engager. Je suis sûr qu'elle jouerait admirablement. Marjolaine n'est pas mal, sans doute... Mais... quand je pense à la scène de l'escalade, au cours de laquelle l'échelle de corde s'est détachée, je me dis que Fantômette aurait fait merveille !

Quelle nouvelle énigme
Fantômette
devra-t-elle élucider?

*Pour le savoir,
tourne vite la page!*

Fantômette
va devoir mener l'enquête...

Dans le 11ᵉ volume de la série

Fantômette chez le roi

Voilà Fantômette en mission à Versailles... Lors d'une visite au château, elle tombe nez à nez avec le plus rusé des malfrats, le Furet ! Mais que fabrique-t-il dans une boutique d'antiquaire ? Quelle est donc cette drôle de machine pleine de cadrans et de boutons qu'il cache précieusement ? La justicière masquée va tout faire pour mettre à jour ces sombres magouilles.

Les as-tu tous lus ?

1. Les exploits de Fantômette

2. Le retour de Fantômette

3. Fantômette contre le géant

4. Fantômette et la maison hantée

5. Fantômette contre le hibou

6. Fantômette au carnaval

7. Fantômette et l'île de la sorcière

8. Pas de vacances pour Fantômette

8. Fantômette a la main verte

Retrouve toutes les rocambolesques aventures de Fantômette dans les volumes précédents.

CHOISIS TON CADEAU !

visuels non contractuels

Le Club Bibliothèque Rose

Cumule tes achats dans la Bibliothèque Rose et Verte et connecte-toi au site pour voir comment fonctionne le Club !

Découvre *Le Club* sur le site
www.bibliothequerose.com

Si tu n'as pas Internet, demande ta grille collector à :
Boutique Hachette Bibliothèque Rose et Verte
Cedex 2843 - 99284 Paris Concours
Envoie ta demande avant le 1er décembre 2007
Arrêt de la Boutique le 31 décembre 2007

Table

1. Premiers incidents 7
2. Étrange substitution 15
3. Les Cavaliers 27
4. L'esprit de l'escalier 41
5. Un coup de bâton 47
6. Nouveaux incidents 55
7. Les révélations d'Alficobras Zanier ... 65
8. Le fantôme 77
9. Les effrois de la marquise 89
10. Sur la toiture 97
11. L'ennemi se montre 103
12. Le secret du More 113
13. Enlèvement 121
14. Négociations 127
15. Fantômette utilise son cerveau 135
16. La flamme au soleil 145
Épilogue 153

Composition *Jouve* – 62300 Lens

Imprimé en France par Qualibris (J-L)
Dépôt légal N° : 83173 – mai 2007
20.20.1390.2/01 – ISBN 978–2-01–201390-2

*Loi n° 49-956 du 16 juillet 1949
sur les publications destinées à la jeunesse*